Jean-Pierre-Claris de FLORIAN

LES FABLES

illustrées par A. Vimar

HENRI LAURENS, Éditeur.

Les Fables
de Florian

Même Collection

Les Contes de Perrault. Illustrations en noir et en couleurs de E. Courboin, Fraipont, Gerbault, Geo, Job, L. Morin, Robida. Vimar, Vogel, Zier. Préface de M. Gustave Larroumet, de l'Institut.

L'Ami des Enfants, par BERQUIN. Illustrations en noir et en couleurs de H. Gerbault. Préface de M. Tarsot.

Avant-Propos de M. André Theuriet
de l'Académie française

LES
FABLES
DE
Jean-Pierre-Claris
de FLORIAN

illustrées
par
A. Vimar

HENRI LAURENS, EDITEUR
PARIS

AVANT-PROPOS

Chaque année, aux approches de la Saint-Jean, lorsque les Félibres se réunissent à Sceaux pour y tenir leur Cour d'Amour, le chevalier de Florian bénéficie d'un regain d'actualité. On visite solennellement la maison où il est mort en septembre 1794 ; son buste de bronze est couronné de fleurs par une jeune femme, et sa mémoire est également célébrée en périodes fleuries par un orateur languedocien ou provençal, trié sur le volet. Cet honneur annuel rendu à l'aimable auteur des *Pastorales* et des *Fables* est fort louable en soi; il est toujours doux de constater que la postérité n'oublie pas les poètes, et Florian, tout en n'ayant été qu'un écrivain de second ordre, ne mérite pas de tomber dans l'oubli. Sainte-Beuve disait à propos de lui, dans un article daté du 30 décembre 1850 : « L'anniversaire du jour de l'an est une fête de famille, et Florian en est de droit. » M'est avis qu'à une époque où les loups-cerviers de la politique troublent de leurs clameurs sauvages nos plus belles fêtes de l'été, l'auteur de ces Bergeries « où il n'y eut jamais de loups », est un sujet de tout repos. Parlons donc de Florian.

Hier, en passant devant l'étroit cimetière qui entoure de ses massifs verdoyants la jolie église de Sceaux, je me suis arrêté à contempler le buste du Chevalier. Il découpait son profil ingénu sur la feuillée des lilas ; coquet, sentimental et souriant, il semblait avoir déjà l'eau à la bouche, en songeant qu'avant peu quelque belle personne assujettirait sur son front la couronne félibréenne. En réalité, Claris de Florian n'était ni aussi ingénu ni aussi coquet que le sculpteur l'a représenté. Un de ses contemporains, le poète Arnault, nous le peint comme un gaillard officier de dragons, au teint basané, ayant une physionomie très peu sentimentale, animée par de brillants yeux noirs. « Ce n'étaient pas, dit-il, ceux du loup devenu berger, mais peut-être ceux du renard ; la malice y dominait. » Du reste, Florian a eu cette singulière destinée de passer le plus souvent pour ce qu'il n'était pas. Cet amateur de bergeries n'avait rien d'un pacifique ; il était d'humeur batailleuse et allait volontiers sur le terrain.

Ses amours n'étaient nullement platoniques et il s'y montrait fort passionné. Il gardait son ingénuité et sa sensiblerie romanesque pour ses pastorales ou ses nouvelles, mais, dans la vie de tous les jours, il avait l'esprit fort positif et Mlle Sedaine, la fille de l'auteur du *Philosophe sans le savoir*, racontait là-dessus des anecdotes qui n'étaient point précisément à la louange du désintéressement de Florian. Après avoir longuement fleureté pour le bon motif avec une demoiselle Le Sénéchal, il s'était subitement refroidi, en apprenant que la jeune fille venait de perdre toute sa fortune. Enfin il se trouve que ce poète, dont les Félibres font chaque année leur coryphée, n'a jamais écrit une seule ligne dans le dialecte de sa province et a quitté le midi à douze ans, pour n'y plus revenir.

Il était né en 1755, au château de Florian, non loin d'Anduze, dans les basses Cévennes. Son oncle ayant épousé une nièce de Voltaire, il eut la chance d'être élevé à Ferney sur les genoux du grand homme qu'il amusait par sa gentillesse, par la vivacité de ses reparties, et qui l'avait baptisé *Florianet*. « Ce nom, dit malignement Sainte-Beuve, était tout un horoscope. » En effet, il est toujours resté dans le talent de Florian un peu de la grâce espiègle, menue et souvent factice du petit berger qui jouait, à Ferney, la comédie « en habit blanc, avec un chapeau et une houlette garnis de rubans roses ». Le parrainage de Voltaire lui porta bonheur et, sauf pendant la dernière année de sa vie, il fut ce qu'on peut appeler un garçon né coiffé.

A seize ans, il devint page chez le duc de Penthièvre, prince au cœur bienfaisant mais à l'humeur morose, que la gaîté spirituelle de *Florianet* avait le don de dérider. Le duc le prit en affection, lui fit obtenir un brevet de capitaine de dragons et l'attacha à sa personne en qualité de gentilhomme.

Ce haut patronage facilita singulièrement les débuts du jeune homme dans la vie littéraire. Il tournait déjà agréablement les vers et se sentait attiré vers le théâtre. On entrait alors en 1780; Louis XVI, tout bourré d'honnêtes intentions, avait succédé à son peu recommandable aïeul : la mode était à la vertu, aux mœurs patriarcales, à l'amour de la nature. Marie-Antoinette se faisait fermière à Trianon et le roi supprimait le servage dans ses domaines. Florian eut une inspiration heureuse ; il ressuscita au Théâtre-Italien les *Arlequinades* et il inventa un Arlequin à la Sedaine, naïf, simple et bon, très sensible et toujours sympathique. Dans les pièces qu'il écrivit de 1780 à 1785, il mit de la gaîté, de la fraîcheur, du sentiment, le tout assaisonné d'un zeste de malice aimable, et il obtint un plein succès. Cette réussite dans le genre tendre et simplet le mit en goût. Il avait étudié les idylles de Gessner;

il voulut à son tour, dit-il « orner le chapeau de ses héroïnes de fleurs volées à celui des bergères du poète zurichois » ; et il écrivit les pastorales de *Galatée*, d'*Estelle* et de *Numa Pompilius*. Les deux premières furent bien accueillies et devinrent vite populaires, encore que les lettrés mêlassent à la louange publique des critiques un peu amères. On se souvient du mot de Rivarol, rencontrant Florian porteur d'un manuscrit qui béait à demi hors de la poche : « Ah ! Monsieur, s'écria le terrible pince-sans-rire, si l'on ne vous connaissait pas, on vous volerait ! » Le genre était fade et artificiel ; il passa vite de mode ; ce qui n'empêcha pas Florian d'entrer à l'Académie en 1788. Il avait trente-trois ans ; l'heureuse influence de ce vieil Enchanteur de Voltaire continuait à s'exercer au profit du petit cousin Florianet : « Tous les bonheurs m'arrivent à la fois, écrivait-il à son ami Boissy d'Anglas : le brevet de lieutenant-colonel, la croix de Saint-Louis, mon fauteuil académique...» Et il ajoutait dans le jargon mythologique de l'époque : « Le lendemain (de sa réception), M. le duc de Penthièvre a donné à Sceaux une fête superbe à l'Académie... Les Muses, si longtemps citoyennes de Sceaux, ont reconnu leur ancien asile, nos naïades sont toutes sorties de leurs grottes pour voir les successeurs des Fontenelle, des Saint-Aulaire et des Malezieu... » On le sentait encore tout ébloui des rayons de la lune de miel académique.

D'ordinaire la destinée fait payer cher aux gens cette soudaine accumulation de bonheur. En cette occurrence, Florian fut encore un homme heureux ; il ne paya qu'après sa mort. Il avait été de son vivant un poète à la mode ; aujourd'hui il est en train de passer à l'état d'auteur dédaigné et oublié. Ses Arlequinades sont devenues des *Berquinades* et nous ne lisons plus *Estelle* et *Galatée*. Nous ne nous souviendrions guère de lui plus que de Roucher et de Saint-Lambert, n'étaient ses fables qui l'ont sauvé. Après La Fontaine, il est le seul fabuliste qui ait surnagé. Je me hâte d'ajouter qu'il n'y a pas de comparaison à établir entre les deux. La Fontaine est un grand poète et un grand artiste, d'une originalité hors de pair; la fable pour lui n'est qu'un prétexte à d'adorables poèmes : la poésie y fait oublier l'affabulation ; elle la domine et plane magistralement d'un large vol, sans se préoccuper des règles de genre, qui exigent que la moralité s'adapte exactement au sujet, comme la queue qui s'agite à l'extrémité d'un cerf-volant. Chez La Fontaine, la moralité n'est le plus souvent qu'un hors-d'œuvre ; le poète s'en soucie comme d'une guigne; mais, en revanche, il s'abandonne délicieusement à sa fantaisie ; il est grand éveilleur d'idées et d'émotions ; d'un coup d'aile il touche à tout ce qui intéresse le cœur humain : art, philosophie, politique, nature ; il a le don de faire jaillir de partout des sources fécondes. Rien de pareil chez Florian. Avec lui, nous avons affaire à un agréable rimeur, habile dans l'art de composer son petit poème, et ne perdant jamais de vue la moralité qui doit servir de conclusion logique au récit. Sous ce rapport, il excelle. Il y déploie une ingéniosité naïve et l'on peut dire que son livre, bien mieux que celui de La Fontaine, est fait pour être mis dans les mains des enfants. Aussi les enfants l'aiment et se l'assimilent facilement, parce que sa poésie modeste, un peu terre à terre, se met bien plus à leur portée. Qui de nous ne garde en son souvenir la fable de *la Guenon, le Singe et la Noix*, celle du *Lapin et de la Sarcelle* et tant d'autres ? Ces gentilles histoires s'associent en notre esprit avec les plus tenaces impressions de notre petite enfance ; avec la niche du chien où nous aimions à nous réfugier, la lanterne magique qu'on nous montrait aux jours de fête, les châteaux de cartes que nous élevions sur la table de famille, après souper, et le perroquet qui sifflait dans sa cage entre les fenêtres de la salle à manger. Florian n'est pas seulement ingénieux ; il est observateur, et si son observation est superficielle, elle est néanmoins scrupuleusement exacte. Il conte avec beaucoup de naturel et relève d'une pointe de malice ses réflexions légèrement prosaïques. Il a le sentiment de la nature, une nature un peu domestiquée, vue à travers les boulingrins du parc de Sceaux, mais il sait la peindre et il trouve de discrètes couleurs pour en rendre le charme :

> Dans une belle nuit du charmant mois de mai,
> Un berger contemplait du haut de la colline
> La lune promenant sa lumière argentine
> Au milieu d'un ciel pur d'étoiles parsemé...

Il ne manque point parfois d'une mélancolie, déjà quasi romantique, et qui fait doucement rêver, comme dans la courte pièce du *Voyage*, qui débute par ces vers :

> Partir avant le jour, à tâtons, sans voir goutte,
> Sans songer seulement à demander sa route,
> Aller de chute en chute et, se traînant ainsi,
> Faire un tiers du chemin jusqu'à près de midi...

Il avait, à ses heures, du sentiment et de l'émotion, surtout lorsqu'il parlait de l'amitié :

> Nos bons amis, libres, heureux,
> Aimèrent d'autant plus la vie
> Qu'ils se la devaient tous les deux...

Il fut lui-même un ami chaud et dévoué pour ses amis ; il en eut d'excellents, comme le poète Ducis, comme Boissy d'Anglas, auquel il écrivait : « Je ne puis ressembler à Ovide que par les regrets que son cœur donnait aux amis qu'il ne voyait plus. Votre présence les adoucira... »

Lorsqu'il fut arrêté en messidor an II, pour menées liberticides — sa destinée jusqu'au bout fut d'être pris pour ce qu'il n'était pas — lors donc qu'on l'écroua dans une prison de Paris, ces deux fidèles compagnons, Ducis et Boissy, s'employèrent courageusement pour le tirer d'affaire. Ils y réussirent et il leur dut la vie. Mais il ne jouit pas longtemps de la liberté rendue. Les angoisses de l'arrestation et de l'emprisonnement avaient porté un coup à ce poète inoffensif et impressionnable. En septembre 1794, quelques jours après avoir écrit à Boissy d'Anglas : « Venez dîner dans ma retraite, venez me voir reprendre mon luth, couvert déjà de poussière et sur lequel je vais chanter d'une voix plus forte l'amitié... ; » il fut emporté par une mauvaise fièvre. Et ainsi on put lui appliquer ces mélancoliques vers du *Voyage*, qu'il avait philosophiquement rimés en des temps meilleurs :

> Détrompé vers le soir, chercher une retraite,
> Arriver haletant, se coucher, s'endormir ;
> On appelle cela naître, vivre et mourir.
> La volonté de Dieu soit faite !

On prétend que, dans son testament, Florian, faisant un retour vers son petit pays des Cévennes, souhaitait « d'être enterré sous le grand alisier du village, où les bergères se rassemblent pour danser ». Les Félibres se sont souvenus de ce pastoral désir. S'ils ne lui ont point préparé une tombe à Anduze, du moins ils lui ont dressé un buste à Sceaux, tout près du parc où ils viennent chaque été danser des farandoles, en l'honneur du chantre d'*Estelle* et du doux poète des *Fables*.

14 juin 1899.

André THEURIET

LIVRE
I

FABLE I

La Fable et la Vérité

La Vérité toute nue
Sortit un jour de son puits.
Ses attraits par le temps étaient un peu détruits.
Jeunes et vieux fuyaient sa vue.
La pauvre Vérité restait là morfondue,
Sans trouver un asile où pouvoir habiter.
A ses yeux vient se présenter
La Fable richement vêtue,
Portant plumes et diamants
La plupart faux, mais très brillants.
Eh! vous voilà, bonjour, dit-elle :
Que faites-vous ici seule sur le chemin ?
La Vérité répond : Vous le voyez, je gèle.
Aux passants je demande en vain
De me donner une retraite.
Je leur fais peur à tous. Hélas ! je le vois bien,
Vieille femme n'obtient plus rien.
Vous êtes pourtant ma cadette,
Dit la Fable, et, sans vanité,

Partout je suis fort bien reçue.
Mais aussi, dame Vérité,
Pourquoi vous montrer toute nue ?
Cela n'est pas adroit. Tenez, arrangeons-nous ;
Qu'un même intérêt nous rassemble,
Venez sous mon manteau, nous marcherons ensemble.
Chez le sage, à cause de vous,
Je ne serai point rebutée ;
A cause de moi, chez les fous,
Vous ne serez point maltraitée.
Servant par ce moyen chacun selon goût,
Grâce à votre raison et grâce à ma folie,
Vous verrez, ma sœur, que partout
Nous passerons de compagnie.

FABLE II

Le Bœuf, le Cheval et l'Ane

UN bœuf, un baudet, un cheval,
Se disputaient la préséance.
Un baudet ! direz-vous, tant d'orgueil lui sied mal.
A qui l'orgueil sied-il ? et qui de nous ne pense
Valoir ceux que le rang, les talents, la naissance

Élèvent au-dessus de nous ?
Le bœuf, d'un ton modeste et doux,
Alléguait ses nombreux services,
Sa force, sa docilité ;
Le coursier sa valeur, ses nobles exercices,
Et l'âne son utilité.
Prenons, dit le cheval, les hommes pour arbitres.
En voici venir trois, exposons-leur nos titres.
Si deux sont d'un avis, le procès est jugé.
Les trois hommes venus, notre bœuf est chargé
D'être le rapporteur ; il explique l'affaire,
Et demande le jugement.
Un des juges choisis, maquignon bas-normand,
Crie aussitôt : La chose est claire,
Le cheval a gagné. Non pas, mon cher confrère,
Dit le second jugeur, c'était un gros meunier,
L'âne doit marcher le premier :
Tout autre avis serait d'une injustice extrême.
Oh que nenni ! dit le troisième,
Fermier de sa paroisse et riche laboureur,
Au bœuf appartient cet honneur.
Quoi ! reprend le coursier, écumant de colère,
Votre avis n'est dicté que par votre intérêt !
Eh mais, dit le Normand, par quoi donc, s'il vous plait ?
N'est-ce pas le code ordinaire ?

FABLE III

Le Roi et les deux Bergers

CERTAIN monarque un jour déplorait sa misère,
Et se lamentait d'être roi :
Quel pénible métier ! disait-il ; sur la terre
Est-il un seul mortel contredit comme moi ?
Je voudrais vivre en paix, on me force à la guerre ;
Je chéris mes sujets, et je mets des impôts ;
J'aime la vérité, l'on me trompe sans cesse ;
Mon peuple est accablé de maux,
Je suis consumé de tristesse.
Partout je cherche des avis,
Je prends tous les moyens, inutile est ma peine ;
Plus j'en fais, moins je réussis.
Notre monarque alors aperçoit dans la plaine
Un troupeau de moutons maigres, de près tondus,
Des brebis sans agneaux, des agneaux sans leur mère
Dispersés, bêlants, éperdus,
Et des béliers sans force errant dans les bruyères.
Leur conducteur Guillot allait, venait, courait,
Tantôt à ce mouton qui gagne la forêt,
Tantôt à cet agneau qui demeure derrière,
Puis à sa brebis la plus chère ;
Et, tandis qu'il est d'un côté,
Un loup prend un mouton qu'il emporte bien vite ;
Le berger court : l'agneau qu'il quitte
Par une louve est emporté.
Guillot tout haletant s'arrête,
S'arrache les cheveux, ne sait plus où courir ;
Et, de son poing frappant sa tête,
Il demande au Ciel de mourir.
Voilà bien ma fidèle image !
S'écria le monarque; et les pauvres bergers,
Comme nous autres rois, entourés de dangers,
N'ont pas un plus doux esclavage :
Cela console un peu. Comme il disait ces mots,
Il découvre en un pré le plus beau des troupeaux,
Des moutons gras, nombreux, pouvant marcher à peine,
Tant leur riche toison les gêne ;
Des béliers grands et fiers, tous en ordre paissants,
Des brebis fléchissant sous le poids de la laine,
Et de qui la mamelle pleine,
Fait accourir de loin les agneaux bondissants.
Leur berger, mollement étendu sous un hêtre,
Faisait des vers pour son Iris,
Les chantait doucement aux échos attendris,
Et puis répétait l'air sur son hautbois champêtre.
Le roi tout étonné disait : Ce beau troupeau
Sera bientôt détruit ; les loups ne craignent guère
Les pasteurs amoureux qui chantent leur bergère ;
On les écarte mal avec un chalumeau.
Ah ! comme je rirais !... Dans l'instant le loup passe,
Comme pour lui faire plaisir ;
Mais à peine il paraît, que, prompt à le saisir,
Un chien s'élance et le terrasse.
Au bruit qu'ils font en combattant,
Deux moutons effrayés s'écartent dans la plaine :
Un autre chien part, les ramène,
Et pour rétablir l'ordre il suffit d'un instant.
Le berger voyait tout, couché dessus l'herbette,
Et ne quittait pas sa musette.
Alors le roi, presque en courroux,
Lui dit : Comment fais-tu ? les bois sont pleins de loups,
Tes moutons, gras et beaux, sont au nombre de mille ;
Et, sans en être moins tranquille,
Dans cet heureux état toi seul tu les maintiens !
Sire, dit le berger, la chose est fort facile ;
Tout mon secret consiste à choisir de bons chiens.

FABLE IV

Les deux Voyageurs

Le compère Thomas et son ami Lubin
Allaient à pied tous deux à la ville prochaine.
Thomas trouve sur son chemin
Une bourse de louis pleine;
Il l'empoche aussitôt. Lubin, d'un air content,
Lui dit : pour nous la bonne aubaine!
Non, répond Thomas froidement,
Pour nous n'est pas bien dit, *pour moi* c'est différent.
Lubin ne souffle plus, mais en quittant la plaine,
Ils trouvent des voleurs cachés au bois voisin.
Thomas tremblant, et non sans cause,
Dit : Nous sommes perdus! Non, lui répond Lubin,
Nous n'est pas le vrai mot; mais *toi* c'est autre chose.
Cela dit, il s'échappe à travers les taillis.
Immobile de peur, Thomas est bientôt pris :
Il tire la bourse et la donne.

Qui ne songe qu'à soi quand sa fortune est bonne
Dans le malheur n'a point d'amis.

FABLE V

Les Serins et le Chardonneret

Un amateur d'oiseaux avait, en grand secret,
Parmi les œufs d'une serine
Glissé l'œuf d'un chardonneret.
La mère des serins, bien plus tendre que fine,
Ne s'en aperçut point, et couva comme sien
Cet œuf qui dans peu vint à bien.
Le petit étranger, sorti de sa coquille,
Des deux époux trompés reçoit les tendres soins,
Par eux traité ni plus ni moins
Que s'il était de la famille.
Couché dans le duvet, il dort le long du jour
A côté des serins dont il se croit le frère,
Reçoit la becquée à son tour,
Et repose la nuit sous l'aile de la mère.
Chaque oisillon grandit, et, devenant oiseau,
D'un brillant plumage s'habille;
Le chardonneret seul ne devient point jonquille,
Et ne s'en croit pas moins des serins le plus beau.
Ses frères pensent tous de même :
Douce erreur qui toujours fait voir l'objet qu'on aime
Ressemblant à nous trait pour trait!
Jaloux de son bonheur, un vieux chardonneret,
Vient lui dire : il est temps enfin de vous connaître.
Ceux pour qui vous avez de si doux sentiments
Ne sont point du tout vos parents.
C'est d'un chardonneret que le sort vous fit naître.
Vous ne fûtes jamais serin : regardez-vous,
Vous avez le corps fauve et la tête écarlate,
Le bec... Oui, dit l'oiseau, j'ai ce qu'il vous plaira;
Mais je n'ai point une âme ingrate,
Et mon cœur toujours chérira
Ceux qui soignèrent mon enfance;
Si mon plumage au leur ne ressemble pas bien,
J'en suis fâché; mais leur cœur et le mien
Ont une grande ressemblance.
Vous prétendez prouver que je ne leur suis rien;
Leurs soins me prouvent le contraire :
Rien n'est vrai comme ce qu'on sent.
Pour un oiseau reconnaissant,
Un bienfaiteur est plus qu'un père.

FABLE VI

Le Chat et le Miroir

PHILOSOPHES hardis, qui passez votre vie
A vouloir expliquer ce qu'on n'explique pas,
Daignez écouter, je vous prie,
Ce trait du plus sage des chats.
Sur une table de toilette
Ce chat aperçut un miroir;
Il y saute, regarde, et d'abord pense voir
Un de ses frères qui le guette.
Notre chat veut le joindre, il se trouve arrêté.
Surpris, il juge alors la glace transparente,
Et passe de l'autre côté,

Ne trouve rien, revient, et le chat se présente.
Il réfléchit un peu : de peur que l'animal,
Tandis qu'il fait le tour, ne sorte,
Sur le haut du miroir il se met à cheval,
Une patte par-ci, l'autre par-là; de sorte
Qu'il puisse partout le saisir.
Alors, croyant bien le tenir,
Doucement vers la glace il incline la tête,
Aperçoit une oreille, et puis deux... A l'instant
A droite à gauche, il va jetant
Sa griffe qu'il tient toute prête;

Mais il perd l'équilibre, il tombe et n'a rien pris.
Alors sans davantage attendre,
Sans chercher plus longtemps ce qu'il ne peut com-
Il laisse le miroir et retourne aux souris : [prendre,
Que m'importe, dit-il, de percer ce mystère?

Une chose que notre esprit,
Après un long travail, n'entend ni ne saisit,
Ne nous est jamais nécessaire.

FABLE VII

La Carpe et les Carpillons

Prenez garde, mes fils, côtoyez moins le bord,
Suivez le fond de la rivière;
Craignez la ligne meurtrière,
Ou l'épervier plus dangereux encor.

C'est ainsi que parlait une carpe de Seine
A de jeunes poissons qui l'écoutaient à peine.
C'était au mois d'avril : les neiges, les glaçons,
Fondus par les zéphirs, descendaient des montagnes;
Le fleuve enflé par eux s'élève à gros bouillons,
Et déborde dans les campagnes.
Ah ! ah ! criaient les carpillons,
Qu'en dis-tu, carpe radoteuse ?
Crains-tu pour nous les hameçons ?
Nous voilà citoyens de la mer orageuse ;
Regarde : on ne voit plus que les eaux et le Ciel ;
Les arbres sont cachés sous l'onde ;
Nous sommes les maîtres du monde ;
C'est le déluge universel.
Ne croyez pas cela, répond la vieille mère ;
Pour que l'eau se retire il ne faut qu'un instant.
Ne vous éloignez point, et, de peur d'accident,
Suivez, suivez toujours le fond de la rivière.
Bah ! disent les poissons, tu répètes toujours
Mêmes discours.
Adieu, nous allons voir notre nouveau domaine.
Parlant ainsi, nos étourdis
Sortent tous du lit de la Seine,
Et s'en vont dans les eaux qui couvrent le pays.
Qu'arriva-t-il ? Les eaux se retirèrent,
Et les carpillons demeurèrent ;
Bientôt ils furent pris
Et frits.
Pourquoi quittaient-ils la rivière ?
Pourquoi ? Je le sais trop hélas !
C'est qu'on se croit toujours plus sage que sa mère,
C'est qu'on veut sortir de sa sphère,
C'est que... c'est que... Je ne finirais pas.

FABLE VIII

Le Calife

Autrefois dans Bagdad le calife Almamon
Fit bâtir un palais plus beau, plus magnifique,
Que ne le fut jamais celui de Salomon.
Cent colonnes d'albâtre en formaient le portique;
L'or, le jaspe, l'azur, décoraient le parvis;
Dans les appartements embellis de sculpture,
Sous des lambris de cèdre, on voyait réunis
Et les trésors du luxe et ceux de la nature,
Les fleurs, les diamants. les parfums, la verdure,
Les myrtes odorants, les chefs-d'œuvre de l'art,
Et les fontaines jaillissantes
Roulant leurs ondes bondissantes
A côté des lits de brocard.
Près de ce beau palais, juste devant l'entrée,
Une étroite chaumière, antique et délabrée,
D'un pauvre tisserand était l'humble réduit.
Là, content du petit produit
D'un grand travail, sans dette et sans soucis pénibles,
Le bon vieillard, libre, oublié,
Coulait des jours doux et paisibles :
Point envieux, point envié.
J'ai déjà dit que sa retraite
Masquait le devant du palais.
Le vizir veut d'abord, sans forme de procès,
Qu'on abatte la maisonnette;
Mais le calife veut que d'abord on l'achète.
Il fallut obéir : on va chez l'ouvrier;
On lui porte de l'or. Non, gardez votre somme,
Répond doucement le pauvre homme;
Je n'ai besoin de rien avec mon atelier;
Et, quant à ma maison, je ne puis m'en défaire.
C'est là que je suis né, c'est là qu'est mort mon père :
Je prétends y mourir aussi.
Le calife, s'il veut, peut me chasser d'ici ;
Il peut détruire ma chaumière ;
Mais, s'il le fait, il me verra
Venir, chaque matin, sur la dernière pierre
M'asseoir et pleurer ma misère.
Je connais Almamon, son cœur en gémira.
Cet insolent discours excita la colère
Du vizir, qui voulait punir ce téméraire.
Et sur-le-champ raser sa chétive maison.
Mais le calife lui dit : Non,
J'ordonne qu'à mes frais elle soit réparée ;
Ma gloire tient à sa durée ;
Je veux que nos neveux, en la considérant,
Y trouvent de mon règne un monument auguste ;
En voyant le palais ils diront : Il fut grand ;
En voyant la chaumière ils diront : Il fut juste.

FABLE IX

La Mort

La Mort, reine du monde, assembla, certain jour,
Dans les enfers toute sa cour.
Elle voulait choisir un bon premier ministre
Qui rendît ses États encor plus florissants.
Pour remplir cet emploi sinistre,
Du fond du noir Tartare avancent à pas lents
La Fièvre, la Goutte et la Guerre.
C'étaient trois sujets excellents ;

Tout l'enfer et toute la terre
Rendaient justice à leurs talents.
La Mort leur fit accueil. La Peste vint ensuite,
On ne pouvait nier qu'elle n'eût du mérite,
Nul n'osait lui rien disputer ;
Lorsque d'un médecin arriva la visite,
Et l'on ne sut alors qui devait l'emporter.
La Mort même était en balance :
Mais les Vices étant venus,
Dès ce moment la Mort n'hésita plus :
Elle choisit l'Intempérance.

FABLE X

Les deux Jardiniers

Deux frères jardiniers avaient pour héritage
Un jardin dont chacun cultivait la moitié ;
Liés d'une étroite amitié,
Ensemble ils faisaient leur ménage.
L'un d'eux, appelé Jean, bel esprit, beau parleur,
Se croyait un très grand docteur ;
Et monsieur Jean passait sa vie
A lire l'almanach, à regarder le temps,
Et la girouette et les vents.
Bientôt donnant l'essor à son rare génie,
Il voulut découvrir comment d'un pois tout seul
Des milliers de pois peuvent sortir si vite ;
Pourquoi la graine du tilleul,
Qui produit un grand arbre, est pourtant plus petite
Que la fève, qui meurt à deux pieds du terrain ;
Enfin par quel secret mystère
Cette fève, qu'on sème au hasard sur la terre,
Sait se retourner dans son sein,
Place en bas sa racine et pousse en haut sa tige.
Tandis qu'il rêve et qu'il s'afflige
De ne point pénétrer ces importants secrets,
Il n'arrose point son marais ;
Ses épinards et sa laitue
Sèchent sur pied ; le vent du nord lui tue
Ses figuiers qu'il ne couvre pas.
Point de fruits au marché, point d'argent dans la bourse.
Et le pauvre docteur, avec ses almanachs,
N'a que son frère pour ressource.
Celui-ci, dès le grand matin,
Travaillait en chantant quelque joyeux refrain,
Bêchait, arrosait tout du pêcher à l'oseille.
Sur ce qu'il ignorait sans vouloir discourir,
Il semait bonnement pour pouvoir recueillir.
Aussi dans son terrain tout venait à merveille ;
Il avait des écus, des fruits et du plaisir.
Ce fut lui qui nourrit son frère ;
Et quand monsieur Jean tout surpris
S'en vint lui demander comment il savait faire ;
Mon ami, lui dit-il, voici tout le mystère :
Je travaille, et tu réfléchis ;
Lequel rapporte davantage ?
Tu te tourmentes, je jouis :
Qui de nous deux est le plus sage ?

FABLE XI

Le Chien et le Chat

Un chien vendu par son maître
Brisa sa chaîne, et revint
Au logis qui le vit naître.
Jugez de ce qu'il devint
Lorsque, pour prix de son zèle,
Il fut de cette maison
Reconduit par le bâton
Vers sa demeure nouvelle.
Un vieux chat, son compagnon,
Voyant sa surprise extrême,
En passant lui dit ce mot :
Tu croyais donc, pauvre sot,
Que c'est pour nous qu'on nous aime !

FABLE XII

Le Vacher et le Garde-chasse

Colin gardait un jour les vaches de son père.
Colin n'avait pas de bergère,
Et s'ennuyait tout seul. Le garde sort du bois :
Depuis l'aube, dit-il, je cours, dans cette plaine,
Après un vieux chevreuil que j'ai manqué deux fois,
Et qui m'a mis tout hors d'haleine.
Il vient de passer par là-bas,
Lui répondit Colin ; mais si vous êtes las,
Reposez-vous, gardez mes vaches à ma place,
Et j'irai faire votre chasse ;
Je réponds du chevreuil. — Ma foi, je le veux bien :
Tiens, voilà mon fusil, prends avec toi mon chien,
Va le tuer. Colin s'apprête,
S'arme, appelle Sultan. Sultan, quoiqu'à regret,
Court avec lui vers la forêt.
Le chien bat les buissons ; il va, vient, sent, arrête.
Et voilà le chevreuil... Colin impatient
Tire aussitôt, manque la bête,
Et blesse le pauvre Sultan.
A la suite du chien qui crie,
Colin revient à la prairie.
Il trouve le garde ronflant ;
De vaches, point ; elles étaient volées.
Le malheureux Colin, s'arrachant les cheveux,
Parcourt en gémissant les monts et les vallées.
Il ne voit rien. Le soir, sans vaches, tout honteux,
Colin retourne chez son père,
Et lui conte en tremblant l'affaire.
Celui-ci, saisissant un bâton de cormier,
Corrige son cher fils de ses folles idées,
Puis lui dit : Chacun son métier,
Les vaches seront bien gardées.

FABLE XIII

La Coquette et l'Abeille

Chloé, jeune et jolie, et surtout fort coquette,
Tous les matins, en se levant,
Se mettait au travail, j'entends à sa toilette ;
Et là, souriant, minaudant,
Elle disait à son cher confident
Les peines, les plaisirs, les projets de son âme.
Une abeille étourdie arrive en bourdonnant.
Au secours ! au secours ! crie aussitôt la dame :
Venez, Lise, Marton, accourez promptement.
Chassez ce monstre ailé. Le monstre insolemment
Aux lèvres de Chloé se pose.
Chloé s'évanouit, et Marton en fureur
Saisit l'abeille et se dispose
A l'écraser. Hélas ! lui dit avec douceur
L'insecte malheureux, pardonnez mon erreur :
La bouche de Chloé me semblait une rose,
Et j'ai cru... Ce seul mot à Chloé rend ses sens.
Faisons grâce, dit-elle, à son aveu sincère ;
D'ailleurs sa piqûre est légère ;
Depuis qu'elle te parle à peine je la sens.

Que ne fait-on passer avec un peu d'encens !

FABLE XIV

L'Éléphant blanc

Dans certains pays de l'Asie
On révère les éléphants,
Surtout les blancs.
Un palais est leur écurie,
On les sert dans des vases d'or,
Tout homme à leur aspect s'incline vers la terre,

Et les peuples se font la guerre
Pour s'enlever ce beau trésor.
Un de ces éléphants, grand penseur, bonne tête,
Voulut savoir un jour d'un de ses conducteurs
Ce qui lui valait tant d'honneurs,
Puisqu'au fond, comme un autre, il n'était qu'une bête.
Ah ! répond le cornac, c'est trop d'humilité ;
L'on connait votre dignité,
Et toute l'Inde sait qu'au sortir de la vie
Les âmes des héros qu'a chéris la patrie

S'en vont habiter quelque temps
Dans le corps des éléphants blancs.
Nos talapoins l'ont dit, ainsi la chose est sûre.
— Quoi ! vous nous croyez des héros ?
— Sans doute. — Et sans cela nous serions en repos,
Jouissant dans les bois des biens de la nature !
— Oui, seigneur. — Mon ami, laisse-moi donc partir,
Car on t'a trompé, je t'assure ;
Et, si tu veux y réfléchir,
Tu verras bientôt l'imposture :
Nous sommes fiers et caressants,
Modérés, quoique tout-puissants ;
On ne nous voit point faire injure
A plus faible que nous ; l'amour dans notre cœur
Reçoit les lois de la pudeur ;
Malgré la faveur où nous sommes,
Les honneurs n'ont jamais altéré nos vertus :
Quelle preuve faut-il de plus ?
Comment nous croyez-vous des hommes ?

FABLE XV

Le Lierre et le Thym

Que je te plains, petite plante !
Disait un jour le lierre au thym :
Toujours ramper, c'est ton destin ;
Ta tige chétive et tremblante
Sort à peine de terre ; et la mienne dans l'air,
Unie au chêne altier que chérit Jupiter,
S'élance avec lui dans la nue.
Il est vrai, dit le thym, ta hauteur m'est connue ;
Je ne puis sur ce point disputer avec toi :
Mais je me soutiens par moi-même ;
Et sans cet arbre, appui de ta faiblesse extrême,
Tu ramperais plus bas que moi.

Traducteurs, éditeurs, faiseurs de commentaires,
Qui nous parlez toujours de grec ou de latin,
Dans vos discours préliminaires,
Retenez ce que dit le thym.

FABLE XVI

Le Chat et la Lunette

Un chat sauvage et grand chasseur
S'établit, pour faire bombance,
Dans le parc d'un jeune seigneur,
Où lapins et perdrix étaient en abondance.
Là ce nouveau Nemrod, la nuit comme le jour,
A la course, à l'affût également habile,
Poursuivait, attendait, immolait tour à tour
Et quadrupède et volatile.
Les gardes épiaient l'insolent braconnier ;
Mais, dans le fort du bois, caché près d'un terrier,
Le drôle trompait leur adresse.
Cependant il craignait d'être pris à la fin,
Et se plaignait que la vieillesse
Lui rendît l'œil moins sûr, moins fin.
Ce penser lui causait souvent de la tristesse ;
Lorsqu'un jour il rencontre un petit tuyau noir

Garni par ses deux bouts de deux glaces bien nettes.
C'était une de ces lunettes
Faites pour l'Opéra, que, par hasard un soir,
Le maître avait perdue en ce lieu solitaire.
Le chat d'abord la considère,
La touche de sa griffe, et de l'extrémité
La fait à petits coups rouler sur le côté,
Court après, s'en saisit, l'agite, la remue,
Étonné que rien n'en sortit.
Il s'avise à la fin d'appliquer à sa vue
Le verre d'un des bouts ; c'était le plus petit.
Alors il aperçoit sous la verte coudrette
Un lapin que ses yeux tout seuls ne voyaient pas.
Ah ! quel trésor ! dit-il en serrant sa lunette,
Et courant au lapin qu'il croit à quatre pas.
Mais il entend du bruit; il reprend sa machine,
S'en sert par l'autre bout, et voit dans le lointain
Le garde qui vers lui chemine.
Pressé par la peur, par la faim,
Il reste un moment incertain,
Hésite, réfléchit, puis de nouveau regarde ;
Mais toujours le gros bout lui montre loin le garde,
Et le petit tout près lui fait voir le lapin.
Croyant avoir le temps, il va manger la bête ;
Le garde est à vingt pas qui vous l'ajuste au front,
Lui met deux balles dans la tête,
Et de sa peau fait un manchon.

Chacun de nous a sa lunette
Qu'il retourne suivant l'objet :
On voit là-bas ce qui déplait ;
On voit ici ce qu'on souhaite.

FABLE XVII

Le Jeune homme et le Vieillard

De grâce apprenez-moi comment l'on fait fortune :
Demandait à son père un jeune ambitieux.
Il est, dit le vieillard, un chemin glorieux :
C'est de se rendre utile à la cause commune,
De prodiguer ses jours, ses veilles, ses talents,
Au service de la patrie.
— Oh ! trop pénible est cette vie,
Je veux des moyens moins brillants.
— Il en est de plus sûrs, l'intrigue... — Elle est trop vile,
Sans vice, sans travail je voudrais m'enrichir.
Eh bien ! sois un simple imbécile,
J'en ai vu beaucoup réussir.

FABLE XVIII

La Taupe et les Lapins

CHACUN de nous souvent connaît bien ses défauts ;
En convenir, c'est autre chose :
On aime mieux souffrir de véritables maux
Que d'avouer qu'ils en sont cause.
Je me souviens, à ce sujet,
D'avoir été témoin d'un fait
Fort étonnant et difficile à croire ;
Mais je l'ai vu, voici l'histoire :

Près d'un bois, le soir, à l'écart,
Dans une superbe prairie,
Des lapins s'amusaient, sur l'herbette fleurie,
A jouer au colin-maillard.
Des lapins ! direz-vous, la chose est impossible.
Rien n'est plus vrai pourtant : une feuille flexible
Sur les yeux de l'un deux en bandeau s'appliquait,
Et puis sous le cou se nouait.
Un instant en faisait l'affaire.

Celui que ce ruban privait de la lumière
Se plaçait au milieu ; les autres alentour
Sautaient, dansaient, faisaient merveilles,
S'éloignaient, venaient tour à tour
Tirer sa queue ou ses oreilles.

Le pauvre aveugle alors, se retournant soudain,
Sans craindre pot au noir, jette au hasard la patte ;
Mais la troupe échappe à la hâte ;
Il ne prend que du vent, et se tourmente en vain :
Il y sera jusqu'à demain.
Une taupe, assez étourdie,
Qui sous terre entendit ce bruit,
Sort aussitôt de son réduit,
Et se mêle dans la partie.
Vous jugez que, n'y voyant pas,
Elle fut prise au premier pas.
Messieurs, dit un lapin, ce serait conscience ;
Et la justice veut qu'à notre pauvre sœur
Nous fassions un peu de faveur ;
Elle est sans yeux et sans défense :

Ainsi je suis d'avis... Non, répond avec feu
La taupe, je suis prise, et prise de bon jeu ;
Mettez-moi le bandeau. — Très volontiers, ma chère,
Le voici ; mais je crois qu'il n'est pas nécessaire
Que nous serrions le nœud bien fort.
Pardonnez-moi, Monsieur, reprit-elle en colère,
Serrez bien, car j'y vois... Serrez, j'y vois encor.

FABLE XIX

Le Rossignol et le Prince

Un jeune prince, avec son gouverneur,
Se promenait dans un bocage,
Et s'ennuyait suivant l'usage :
C'est le profit de la grandeur.
Un rossignol chantait sous le feuillage ;
Le prince l'aperçoit, et le trouve charmant ;
Et, comme il était prince, il veut dans le moment
L'attraper et le mettre en cage.
Mais pour le prendre il fait du bruit,
Et l'oiseau fuit.
Pourquoi donc, dit alors son altesse en colère,
Le plus aimable des oiseaux
Se tient-il dans les bois, farouche solitaire,
Tandis que mon palais est rempli de moineaux ?
C'est, lui dit le Mentor, afin de vous instruire
De ce qu'un jour vous devez éprouver :
Les sots savent tous se produire ;
Le mérite se cache, il faut l'aller trouver.

FABLE XX

L'Aveugle et le Paralytique

Aidons-nous mutuellement,
La charge des malheurs en sera plus légère :
Le bien que l'on fait à son frère
Pour le mal que l'on souffre est un soulagement.
Confucius l'a dit ; suivons tous sa doctrine :
Pour la persuader aux peuples de la Chine,

Il leur contait le trait suivant :

Dans une ville de l'Asie
Il existait deux malheureux,
L'un perclus, l'autre aveugle, et pauvres tous les deux.
Ils demandaient au Ciel de terminer leur vie ;
Mais leurs cris étaient superflus,
Ils ne pouvaient mourir. Notre paralytique,
Couché sur un grabat dans la place publique,
Souffrait sans être plaint ; il en souffrait bien plus.
L'aveugle, à qui tout pouvait nuire,
Était sans guide, sans soutien,
Sans avoir même un pauvre chien
Pour l'aimer et pour le conduire.

Un certain jour il arriva
Que l'aveugle à tâtons, au détour d'une rue,
Près du malade se trouva;
Il entendit ses cris, son âme en fut émue.
Il n'est tels que les malheureux
Pour se plaindre les uns les autres.
J'ai mes maux, lui dit-il, et vous avez les vôtres :
Unissons-les, mon frère, ils seront moins affreux.
Hélas ! dit le perclus, vous ignorez, mon frère,
Que je ne puis faire un seul pas,
Vous-même vous n'y voyez pas :
A quoi nous servirait d'unir notre misère ?
A quoi ! répond l'aveugle, écoutez : à nous deux
Nous possédons le bien à chacun nécessaire ;
J'ai des jambes, et vous des yeux.
Moi, je vais vous porter ; vous, vous serez mon guide ;
Vos yeux dirigeront mes pas mal assurés ;
Mes jambes, à leur tour, iront où vous voudrez.
Ainsi, sans que jamais notre amitié décide
Qui de nous deux remplit le plus utile emploi,
Je marcherai pour vous, vous y verrez pour moi.

FABLE XXI

Pandore

Quand Pandore eut reçu la vie,
Chaque dieu de ses dons s'empressa de l'orner.
Vénus, malgré sa jalousie,
Détacha sa ceinture et vint la lui donner.
Jupiter, admirant cette jeune merveille,
Craignait pour les humains ses attraits enchanteurs.
Vénus rit de sa crainte, et lui dit à l'oreille :
Elle blessera bien des cœurs ;
Mais j'ai caché dans ma ceinture
Les *caprices* pour affaiblir
Le mal que fera sa blessure,
Et les *faveurs* pour en guérir.

FABLE XXII

L'Enfant et le Dattier

Non loin des rochers de l'Atlas,
Au milieu des déserts où cent tribus errantes
Promènent au hasard leurs chameaux et leurs tentes,
Un jour, certain enfant précipitait ses pas.
C'était le jeune fils de quelque musulmane
Qui s'en allait en caravane.
Quand sa mère dormait, il courait le pays.
Dans un ravin profond, loin de l'aride plaine,
Notre enfant trouve une fontaine,
Auprès un beau dattier tout couvert de ses fruits.
Oh ! quel bonheur ! dit-il, ces dattes, cette eau claire,
M'appartiennent ; sans moi, dans ce lieu solitaire,
Ces trésors cachés, inconnus,
Demeuraient à jamais perdus.
Je les ai découverts, ils sont ma récompense.
Parlant ainsi, l'enfant vers le dattier s'élance,
Et jusqu'à son sommet tâche de se hisser.
L'entreprise était périlleuse ;
L'écorce tantôt nue, et tantôt raboteuse,
Lui déchirait les mains ou les faisait glisser.

Deux fois il retomba; mais d'une ardeur nouvelle,
Il recommence de plus belle,
Et parvient, enfin, haletant,
A ces fruits qu'il désirait tant.
Il se jette alors sur les dattes,
Se tenant d'une main, de l'autre fourrageant,
Et mangeant
Sans choisir les plus délicates.
Tout à coup voilà notre enfant
Qui réfléchit et qui descend.
Il court chercher sa bonne mère,
Prend avec lui son jeune frère,
Les conduit au dattier. Le cadet incliné,
S'appuyant au tronc qu'il embrasse,
Présente son dos à l'aîné ;
L'autre y monte, et, de cette place,
Libre de ses deux bras, sans efforts, sans danger,
Cueille et jette les fruits ; la mère les ramasse,
Puis sur un linge blanc prend soin de les ranger.
La récolte achevée, et la nappe étant mise,
Les deux frères tranquillement,
Souriant à leur mère au milieu d'eux assise,
Viennent au bord de l'eau faire un repas charmant.

De la société ceci nous peint l'image :
Je ne connais de biens que ceux que l'on partage.
Cœurs dignes de sentir le prix de l'amitié,
Retenez cet ancien adage :
Le tout ne vaut pas la moitié.

LIVRE II

FABLE I

La Mère, l'Enfant et les Sarigues

A MADAME DE LA BRICHE

Vous de qui les attraits, la modeste douceur,
Savent tout obtenir et n'osent rien prétendre,
Vous que l'on ne peut voir sans devenir plus tendre,
Et qu'on ne peut aimer sans devenir meilleur,
Je vous respecte trop pour parler de vos charmes,
De vos talents, de votre esprit...
Vous aviez déjà peur : bannissez vos alarmes,
C'est de vos vertus qu'il s'agit.
Je veux peindre en mes vers des mères le modèle,
Le sarigue, animal peu connu parmi nous,
Mais dont les soins touchants et doux,
Dont la tendresse maternelle
Seront de quelque prix pour vous.
Le fond du conte est véritable :
Buffon m'en est garant ; qui pourrait en douter ?
D'ailleurs tout dans ce genre a droit d'être croyable,
Lorsque c'est devant vous qu'on peut le raconter.

Maman, disait un jour à la plus tendre mère
Un enfant péruvien sur ses genoux assis,
Quel est cet animal qui, dans cette bruyère,
Se promène avec ses petits ?
Il ressemble au renard. Mon fils, répondit-elle,
Du sarigue c'est la femelle ;
Nulle mère pour ses enfants
N'eut jamais plus d'amour, plus de soins vigilants.
La Nature a voulu seconder sa tendresse,
Et lui fit près de l'estomac
Une poche profonde, une espèce de sac,
Où ses petits, quand un danger les presse,
Vont mettre à couvert leur faiblesse.
Fais du bruit, tu verras ce qu'ils vont devenir.
L'enfant frappe des mains ; la sarigue attentive
Se dresse, et d'une voix plaintive
Jette un cri ; les petits aussitôt d'accourir,
Et de s'élancer vers la mère,
En cherchant dans son sein leur retraite ordinaire.
La poche s'ouvre, les petits
En un moment y sont blottis ;
Ils disparaissent tous ; la mère avec vitesse

S'enfuit emportant sa richesse.
La Péruvienne alors dit à l'enfant surpris :
Si jamais le sort t'est contraire,
Souviens-toi du sarigue, imite-le, mon fils :

L'asile le plus sûr est le sein d'une mère.

FABLE II

Le vieux Arbre et le Jardinier

Un jardinier, dans son jardin,
Avait un vieux arbre stérile ;
C'était un grand poirier qui jadis fut fertile ;
Mais il avait vieilli, tel est notre destin.
Le jardinier ingrat veut l'abattre un matin ;
Le voilà qui prend sa cognée.
Au premier coup l'arbre lui dit :
Respecte mon grand âge, souviens-toi du fruit
Que je t'ai donné chaque année.
La mort va me saisir, je n'ai plus qu'un instant,
N'assassine pas un mourant
Qui fut ton bienfaiteur. Je te coupe avec peine,
Répond le jardinier ; mais j'ai besoin de bois.
Alors, gazouillant à la fois,
De rossignols une centaine
S'écrie : Épargne-le, nous n'avons plus que lui :
Lorsque ta femme vient s'asseoir sous son ombrage,
Nous la réjouissons par notre doux ramage ;
Elle est seule souvent, nous charmons son ennui.
Le jardinier les chasse et rit de leur requête ;
Il frappe un second coup. D'abeilles un essaim
Sort aussitôt du tronc, en lui disant : Arrête,
Écoute-nous, homme inhumain,
Si tu nous laisses cet asile,
Chaque jour nous te donnerons
Un miel délicieux dont tu peux à la ville
Porter et vendre les rayons ;
Cela te touche-t-il ? J'en pleure de tendresse,
Répond l'avare jardinier :
Eh ! que ne dois-je pas à ce pauvre poirier
Qui m'a nourri dans sa jeunesse ?
Ma femme quelquefois vient ouïr ces oiseaux ;
C'en est assez pour moi ; qu'ils chantent en repos.
Et vous qui daignerez augmenter mon aisance,
Je veux pour vous de fleurs semer tout ce canton.
Cela dit, il s'en va, sûr de sa récompense,
Et laisse vivre le vieux tronc.

Comptez sur la reconnaissance
Quand l'intérêt vous en répond.

FABLE III

La Brebis et le Chien

La brebis et le chien, de tous les temps amis,
Se racontaient un jour leur vie infortunée.
Ah ! disait la brebis, je pleure et je frémis
Quand je songe au malheur de notre destinée,
Toi l'esclave de l'homme, adorant des ingrats,
Toujours soumis, tendre et fidèle,
Tu reçois, pour prix de ton zèle,
Des coups et souvent le trépas.
Moi, qui tous les ans les habille,
Qui leur donne du lait et qui fume leurs champs,
Je vois chaque matin quelqu'un de ma famille
Assassiné par ces méchants.

Leurs confrères les loups dévorent ce qui reste.
Victimes de ces inhumains,
Travailler pour eux seuls, et mourir par leurs mains :
Voilà notre destin funeste !
Il est vrai, dit le chien : mais crois-tu plus heureux
Les auteurs de notre misère ?
Va, ma sœur, il vaut encore mieux
Souffrir le mal que de le faire.

FABLE IV

Le bon Homme et le Trésor

Un bon homme de mes parents,
Que j'ai connu dans mon jeune âge,
Se faisait adorer de tout son voisinage ;
Consulté, vénéré des petits et des grands,
Il vivait dans sa terre en véritable sage.
Il n'avait pas beaucoup d'écus,
Mais cependant assez pour vivre dans l'aisance ;
En revanche, force vertus,
Du sens, de l'esprit par-dessus,
Et cette aménité que donne l'innocence.
Quand un pauvre venait le voir,
S'il avait de l'argent, il donnait des pistoles ;
Et, s'il n'en avait point, du moins par ses paroles
Il lui rendait un peu de courage et d'espoir.
Il raccommodait les familles,
Corrigeait doucement les jeunes étourdis,
Riait avec les jeunes filles,
Et leur trouvait de bons maris.
Indulgent aux défauts des autres,
Il répétait souvent : N'avons-nous pas les nôtres ?
Ceux-ci sont nés boiteux, ceux-là sont nés bossus,
L'un un peu moins, l'autre un peu plus :
La Nature de cent manières
Voulut nous affliger : marchons ensemble en paix ;
Le chemin est assez mauvais,
Sans nous jeter encor des pierres.
Or il arriva certain jour
Que notre bon vieillard trouva dans une tour
Un trésor caché sous la terre.
D'abord il n'y voit qu'un moyen
De pouvoir faire plus de bien ;
Il le prend, l'emporte et le serre.
Puis en réfléchissant, le voilà qui se dit :
Cet or que j'ai trouvé ferait plus de profit,
Si j'en augmentais mon domaine :
J'aurais plus de vassaux, je serais plus puissant.
Je peux mieux faire encor : dans la ville prochaine
Achetons une charge, et soyons président.
Président ! cela vaut la peine.
Je n'ai pas fait mon droit, mais, avec mon argent,
On m'en dispensera, puisque cela s'achète.
Tandis qu'il rêve et qu'il projette,
Sa servante vient l'avertir
Que les jeunes gens du village
Dans la cour du château sont à se divertir.
Le dimanche, c'était l'usage,
Le seigneur se plaisait à danser avec eux.
Oh ! ma foi, répond-il, j'ai bien d'autres affaires,
Que l'on danse sans moi. L'esprit plein de chimères,
Il s'enferme tout seul pour se tourmenter mieux.
Ensuite il va joindre à sa somme
Un petit sac d'argent, reste du mois dernier.
Dans l'instant arrive un pauvre homme
Qui, tout en pleurs, vient le prier
De vouloir lui prêter vingt écus pour sa taille :
Le collecteur, dit-il, va me mettre en prison,
Et n'a laissé dans ma maison
Que six enfants sur de la paille.
Notre nouveau Crésus lui répond durement
Qu'il n'est point en argent comptant.
Le pauvre malheureux le regarde, soupire,
Et s'en retourne sans mot dire.
Mais il n'était pas loin, que notre bon seigneur
Retrouve tout à coup son cœur ;
Il court au paysan, l'embrasse,
De cent écus lui fait le don,
Et lui demande encor pardon.
Ensuite il fait crier que sur la grande place
Le village assemblé se rende dans l'instant.
On obéit ; notre bon homme

Arrive avec toute sa somme,
En un seul monceau la répand.
Mes amis, leur dit-il, vous voyez cet argent :
Depuis qu'il m'appartient, je ne suis plus le même,
Mon âme est endurcie, et la voix du malheur
N'arrive plus jusqu'à mon cœur.
Mes enfants, sauvez-moi de ce péril extrême,
Prenez et partagez ce dangereux métal ;
Emportez votre part chacun dans votre asile :
Entre tous divisé, cet or peut être utile :
Réuni chez un seul, il ne fait que du mal.

Soyons contents du nécessaire
Sans jamais souhaiter de trésors superflus ;
Il faut les redouter autant que la misère :
Comme elle ils chassent les vertus.

FABLE V

Le Troupeau de Colas

Dès la pointe du jour, sortant de son hameau,
Colas, jeune pasteur d'un assez beau troupeau,
Le conduisait au pâturage.
Sur sa route il trouve un ruisseau
Que, la nuit précédente, un effroyable orage
Avait rendu torrent ; comment passer cette eau ?
Chiens, brebis et berger, tout s'arrête au rivage.
En faisant un circuit l'on eût gagné le pont ;
C'était bien le plus sûr, mais c'était le plus long :
Colas veut abréger. D'abord il considère
Qu'il peut franchir cette rivière ;
Et, comme ses béliers sont forts,
Il conclut que, sans grands efforts,
Le troupeau sautera. Cela dit, il s'élance ;
Son chien saute après lui, béliers d'entrer en danse,
A qui mieux mieux, courage, allons !
Après les béliers, les moutons ;
Tout est en l'air, tout saute ; et Colas les excite
En s'applaudissant du moyen.
Les béliers, les moutons, sautèrent assez bien :
Mais les brebis vinrent ensuite,
Les agneaux, les vieillards, les faibles, les peureux,
Les mutins, corps toujours nombreux,
Qui refusaient le saut ou sautaient de colère,
Et soit faiblesse, soit dépit,
Se laissaient choir dans la rivière.
Il s'en noya le quart ; un autre quart s'enfuit,
Et sous la dent du loup périt.
Colas, réduit à la misère,
S'aperçut, mais trop tard, que pour un bon pasteur,
Le plus court n'est pas le meilleur.

FABLE VI

Le Bouvreuil et le Corbeau

Un bouvreuil, un corbeau, chacun dans une cage,
Habitaient le même logis.
L'un enchantait par son ramage
La femme, le mari, les gens, tout le ménage;
L'autre les fatiguait sans cesse de ses cris :
Il demandait du pain, du rôti, du fromage,
Qu'on se pressait de lui porter,
Afin qu'il voulût bien se taire.
Le timide bouvreuil ne faisait que chanter,
Et ne demandait rien : aussi, pour l'ordinaire,
On l'oubliait; le pauvre oiseau
Manquait souvent de grain et d'eau.
Ceux qui louaient le plus de son chant l'harmonie
N'auraient pas fait le moindre pas
Pour voir si l'auge était remplie.
Ils l'aimaient bien pourtant, mais ils n'y pensaient pas,
Un jour on le trouva mort de faim dans sa cage.
Ah ! quel malheur ! dit-on : las ! il chantait si bien !
De quoi donc est-il mort ? Certes, c'est grand dommage,
Le corbeau crie encore et ne manque de rien.

FABLE VII

Le Singe qui montre la Lanterne magique

Messieurs les beaux esprits, dont la prose et les vers
Sont d'un style pompeux et toujours admirable,
Mais que l'on n'entend point, écoutez cette fable,
Et tâchez de devenir clairs.
Un homme qui montrait la lanterne magique
Avait un singe dont les tours
Attiraient chez lui grand concours ;

Jacqueau, c'était son nom, sur la corde élastique
Dansait et voltigeait au mieux,
Puis faisait le saut périlleux,
Et puis sur un cordon, sans que rien le soutienne,
Le corps droit, fixe, d'aplomb,
Notre Jacqueau fait tout du long
L'exercice à la prussienne.
Un jour qu'au cabaret son maître était resté
(C'était, je pense, un jour de fête),
Notre singe en liberté
Veut faire un coup de sa tête.
Il s'en va rassembler les divers animaux
Qu'il peut rencontrer dans la ville ;
Chiens, chats, poulets, dindons, pourceaux,
Arrivent bientôt à la file.
Entrez, entrez, Messieurs, criait notre Jacqueau ;
C'est ici, c'est ici qu'un spectacle nouveau

Vous charmera gratis. Oui, Messieurs, à la porte
On ne prend point d'argent, je fais tout pour l'honneur.
A ces mots, chaque spectateur
Va se placer, et l'on apporte
La lanterne magique; on ferme les volets,
Et, par un discours fait exprès,
Jacqueau prépare l'auditoire.
Ce morceau vraiment oratoire
Fait bailler ; mais on applaudit.
Content de son succès, notre singe saisit
Un verre peint qu'il met dans sa lanterne.
Il sait comment on le gouverne,
Et crie en le poussant : Est-il rien de pareil ?
Messieurs, vous voyez le soleil,
Ses rayons et toute sa gloire.
Voici présentement la lune : et puis l'histoire
D'Adam, d'Ève et des animaux...
Voyez, Messieurs, comme ils sont beaux !
Voyez la naissance du monde ;
Voyez... Les spectateurs, dans une nuit profonde,
Écarquillaient leurs yeux et ne pouvaient rien voir ;
L'appartement, le mur, tout était noir.
Ma foi, disait un chat, de toutes les merveilles,
Dont il étourdit nos oreilles,
Le fait est que je ne vois rien.
Ni moi non plus, disait un chien.
Moi, disait un dindon, je vois bien quelque chose ;
Mais je ne sais pour quelle cause
Je ne distingue pas très bien.
Pendant tous ces discours, le Cicéron moderne
Parlait éloquemment, et ne se lassait point.
Il n'avait oublié qu'un point,
C'était d'éclairer sa lanterne.

FABLE VIII

L'Enfant et le Miroir

Un enfant élevé dans un pauvre village
Revint chez ses parents, et fut surpris d'y voir
Un miroir.
D'abord il aima son image ;
Et puis, par un travers bien digne d'un enfant,
Et même d'un être plus grand,
Il veut outrager ce qu'il aime,
Lui fait une grimace, et le miroir la rend.
Alors son dépit est extrême :
Il lui montre un poing menaçant ;
Il se voit menacé de même.
Notre marmot fâché s'en vient, en frémissant,
Battre cette image insolente ;
Il se fait mal aux mains. Sa colère en augmente,
Et, furieux, au désespoir,
Le voilà, devant ce miroir,
Criant, pleurant, frappant la glace.
Sa mère, qui survient, le console, l'embrasse,
Tarit ses pleurs, et doucement lui dit :
N'as-tu pas commencé par faire la grimace
A ce méchant enfant qui cause ton dépit ?
— Oui. — Regarde à présent : Tu souris, il sourit ;
Tu tends vers lui les bras, il te les tend de même :
Tu n'es plus en colère, il ne se fâche plus :
De la société tu vois ici l'emblème :
Le bien, le mal, nous sont rendus.

FABLE IX

Les deux Chats

Deux chats qui descendaient du fameux Rodilard,
Et dignes tous les deux de leur noble origine,
Différaient d'embonpoint. L'un était gras à lard,
C'était l'aîné ; sous son hermine
D'un chanoine il avait la mine,
Tant il était dodu, potelé, frais et beau.
Le cadet n'avait que la peau
Collée à sa tranchante épine.
Cependant ce cadet, du matin jusqu'au soir,
De la cave à la gouttière
Trottait, courait, il fallait voir !
Sans en faire meilleure chère.
Enfin, un jour, au désespoir,
Il tint ce discours à son frère :
Explique-moi par quel moyen,
Passant ta vie à ne rien faire,
Moi travaillant toujours, on te nourrit si bien,
Et moi si mal. — La chose est claire,
Lui répondit l'aîné : tu cours tout le logis
Pour manger rarement quelque maigre souris.
— N'est-ce pas mon devoir ? — D'accord, cela peut être :
Mais moi, je reste auprès du maître,
Je sais l'amuser par mes tours.
Admis à ses repas sans qu'il me réprimande,
Je prends de bons morceaux, ou bien je les demande
En faisant patte de velours ;
Tandis que toi, pauvre imbécile,
Tu ne sais rien que le servir.
Va, le secret de réussir,
C'est d'être adroit, non d'être utile.

FABLE X

Le Cheval et le Poulain

Un bon père cheval, veuf, et n'ayant qu'un fils,
L'élevait dans un pâturage
Où les eaux, les fleurs et l'ombrage
Présentaient à la fois tous les biens réunis.
Abusant pour jouir, comme on fait à cet âge,
Le poulain tous les jours se gorgeait de sainfoin,
Se vautrait dans l'herbe fleurie,
Galopait sans objet, se baignait sans envie,
Ou se reposait sans besoin.
Oisif et gras à lard, le jeune solitaire
S'ennuya, se lassa de ne manquer de rien :
Le dégoût vint bientôt ; il va trouver son père :
Depuis longtemps, dit-il, je ne me sens pas bien.
Cette herbe est malsaine et me tue.

Ce trèfle est sans saveur, cette onde est corrompue ;
L'air qu'on respire ici m'attaque les poumons ;
Bref, je meurs si nous ne partons.
Mon fils, répond le père, il s'agit de ta vie !
A l'instant même il faut partir.
Sitôt dit, sitôt fait, ils quittent leur patrie.
Le jeune voyageur bondissait de plaisir.
Le vieillard, moins joyeux, allait un train plus sage ;
Mais il guidait l'enfant, et le faisait gravir
Sur des monts escarpés, arides, sans herbage.
Où rien ne pouvait le nourrir.
Le soir vint : point de pâturage ;
On s'en passa. Le lendemain,
Comme l'on commençait à souffrir de la faim,
On prit du bout des dents une ronce sauvage.
On ne galopa plus le reste du voyage ;
A peine, après deux jours, allait-on même au pas.
Jugeant alors la leçon faite,
Le père va reprendre une route secrète
Que son fils ne connaissait pas.
Et le ramène à la prairie,
Au milieu de la nuit. Dès que notre poulain
Retrouve un peu d'herbe fleurie.
Il se jette dessus : Ah ! l'excellent festin,
La bonne herbe ! dit-il : comme elle est douce et tendre !
Mon père, il ne faut pas s'attendre
Que nous puissions rencontrer mieux ;
Fixons-nous pour jamais dans ces aimables lieux ;
Quel pays peut valoir cet asile champêtre ?
Comme il parlait ainsi, le jour vient à paraître :
Le poulain reconnait le pré qu'il a quitté ;
Il demeure confus. Le père, avec bonté,
Lui dit : Mon cher enfant, retiens cette maxime :
Quiconque jouit trop est bientôt dégoûté :
Il faut au bonheur du régime.

FABLE XI

Le Grillon

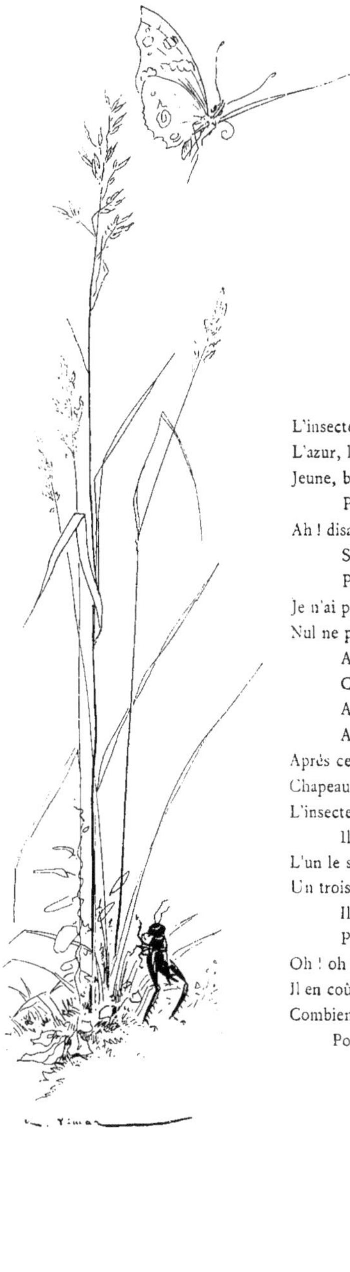

Un pauvre petit grillon,
Caché dans l'herbe fleurie,
Regardait un papillon
Voltigeant dans la prairie.
L'insecte ailé brillait des plus vives couleurs ;
L'azur, la pourpre et l'or éclataient sur ses ailes ;
Jeune, beau, petit-maître, il court de fleurs en fleurs
Prenant et quittant les plus belles.
Ah ! disait le grillon, que son sort et le mien
Sont différents ! Dame Nature
Pour lui fit tout, et pour moi rien.
Je n'ai point de talent, encor moins de figure ;
Nul ne prend garde à moi, l'on m'ignore ici-bas :
Autant vaudrait n'exister pas.
Comme il parlait, dans la prairie
Arrive une troupe d'enfants :
Aussitôt les voilà courants
Après ce papillon dont ils ont tous envie.
Chapeaux, mouchoirs, bonnets, servent à l'attraper.
L'insecte vainement cherche à leur échapper,
Il devient bientôt leur conquête.
L'un le saisit par l'aile, un autre par le corps ;
Un troisième survient, et le prend par la tête :
Il ne fallait pas tant d'efforts
Pour déchirer la pauvre bête.
Oh ! oh ! dit le grillon, je ne suis plus fâché :
Il en coûte trop cher pour briller dans le monde.
Combien je vais aimer ma retraite profonde !
Pour vivre heureux vivons caché.

FABLE XII

Le Château de Cartes

Un bon mari, sa femme et deux jolis enfants,
Coulaient en paix leurs jours dans le simple ermi-
Où, paisibles comme eux, vécurent leurs parents. [tage
Ces époux, partageant les doux soins du ménage,
Cultivaient leur jardin, recueillaient leurs moissons,
Et le soir, dans l'été soupant sous le feuillage,
Dans l'hiver devant leurs tisons,
Ils prêchaient à leurs fils la vertu, la sagesse,
Leur parlaient du bonheur qu'ils procurent toujours ;
Le père par un conte égayait ses discours,
La mère par une caresse.
L'aîné de ces enfants, né grave, studieux,
Lisait et méditait sans cesse ;
Le cadet, vif, léger, mais plein de gentillesse,
Sautait, riait toujours, ne se plaisait qu'aux jeux.
Un soir, selon l'usage, à côté de leur père,
Assis près d'une table où s'appuyait la mère,
L'aîné lisait Rollin ; le cadet, peu soigneux
D'apprendre les hauts faits des Romains ou des Parthes,
Employait tout son art. toutes ses facultés,
A joindre, à soutenir par les quatre côtés
Un fragile château de cartes.
Il n'en respirait pas d'attention, de peur.
Tout à coup voici le lecteur
Qui s'interrompt : Papa, dit-il, daigne m'instruire
Pourquoi certains guerriers sont nommés conquérants.
Et d'autres fondateurs d'empire :
Ces deux noms sont-ils différents ?
Le père méditait une réponse sage,
Lorsque son fils cadet, transporté de plaisir,
Après tant de travail, d'avoir pu parvenir
A placer son second étage,
S'écrie : Il est fini ! Son frère, murmurant,
Se fâche, et d'un seul coup détruit son long ouvrage ;
Et voilà le cadet pleurant.
Mon fils, répond alors le père,
Le fondateur, c'est votre frère,
Et vous êtes le conquérant.

FABLE XIII

Le Phénix

Le phénix, venant d'Arabie,
Dans nos bois parut un beau jour :
Grand bruit chez les oiseaux ; leur troupe réunie
Vole pour lui faire sa cour.
Chacun l'observe, l'examine :
Son plumage, sa voix, son chant mélodieux,
Tout est beauté, grâce divine,
Tout charme l'oreille et les yeux.
Pour la première fois on vit céder l'envie
Au besoin de louer et d'aimer son vainqueur.
Le rossignol disait : Jamais tant de douceur
N'enchanta mon âme ravie.
Jamais, disait le paon, de plus belles couleurs
N'ont eu cet éclat que j'admire ;
Il éblouit mes yeux et toujours les attire.
Les autres répétaient ces éloges flatteurs,
Vantaient le privilège unique
De ce roi des oiseaux, de cet enfant du Ciel,
Qui, vieux, sur un bûcher de cèdre aromatique,
Se consume lui-même, et renait immortel.

Pendant tous ces discours la seule tourterelle,
Sans rien dire, fit un soupir.
Son époux, la poussant de l'aile,
D'où, lui dit-il, peuvent venir
Ta rêverie et ta tristesse ?
De cet heureux oiseau désires-tu le sort ?
— Moi ! mon ami, je le plains fort
Il est le seul de son espèce.

FABLE XIV

La Pie et la Colombe

Une colombe avait son nid
Tout auprès du nid d'une pie :
Cela s'appelle avoir mauvaise compagnie ;
D'accord : mais de ce point pour l'heure il ne s'agit.
Au logis de la tourterelle
Ce n'était qu'amour et bonheur ;
Dans l'autre nid toujours querelle,
Œufs cassés, tapage et rumeur.
Lorsque par son époux la pie était battue,
Chez sa voisine elle venait,
Là, jasait, criait, se plaignait,
Et faisait la longue revue
Des défauts de son cher époux :
Il est fier, exigeant, dur, emporté, jaloux ;
De plus, je sais fort bien qu'il va voir des corneilles ;
Et cent autres choses pareilles
Qu'elle disait dans son courroux.
Mais vous, répond la tourterelle,
Êtes-vous sans défauts ? Non, j'en ai, lui dit-elle ;
Je vous le confie entre nous :
En conduite, en propos, je suis assez légère,
Coquette comme on l'est, parfois un peu colère,
Et me plaisant souvent à le faire enrager ;
Mais qu'est-ce que cela ? — C'est beaucoup trop, ma chère :
Commencez par vous corriger ;
Votre humeur peut l'aigrir... Qu'appelez-vous, ma mie?
Interrompt aussitôt la pie :
Moi de l'humeur ! Comment ! je vous conte mes maux
Et vous m'injuriez ! Je vous trouve plaisante.
Adieu, petite impertinente :
Mêlez-vous de vos tourtereaux.

Nous convenons de nos défauts,
Mais c'est pour que l'on nous démente.

FABLE XV

L'Éducation du Lion

Enfin le roi lion venait d'avoir un fils ;
Partout dans ses États on se livrait en proie
Aux transports éclatants d'une bruyante joie :
Les rois heureux ont tant d'amis !
Sire lion, monarque sage,
Songeait à confier son enfant bien-aimé
Aux soins d'un gouverneur vertueux, estimé,
Sous qui le lionceau fît son apprentissage.
Vous jugez qu'un choix pareil
Est d'assez grande importance
Pour que longtemps on y pense.
Le monarque, indécis, assemble son conseil :
En peu de mots il expose
Le point dont il s'agit, et supplie instamment
Chacun des conseillers de nommer franchement
Celui qu'en conscience il croit propre à la chose.

Le tigre se leva : Sire, dit-il, les rois
N'ont de grandeur que par la guerre ;
Il faut que votre fils soit l'effroi de la terre :
Faites donc tomber votre choix
Sur le guerrier le plus terrible,
Le plus craint après vous des hôtes de ces bois.
Votre fils saura tout, s'il sait être invincible.
L'ours fut de cet avis : il ajouta pourtant
Qu'il fallait un guerrier prudent,
Un animal de poids, de qui l'expérience
Du jeune lionceau sût régler la vaillance
Et mettre à profit ses exploits.
Après l'ours, le renard s'explique,
Et soutient que la politique
Est le premier talent des rois ;
Qu'il faut donc un Mentor d'une finesse extrême
Pour instruire le prince et pour le bien former.
Ainsi chacun, sans se nommer,
Clairement s'indiqua soi-même :
De semblables conseils sont communs à la cour.
Enfin le chien parle à son tour :
Sire, dit-il, je sais qu'il faut faire la guerre,
Mais je crois qu'un bon roi ne la fait qu'à regret ;
L'art de tromper ne me plait guère :
Je connais un plus beau secret
Pour rendre heureux l'État, pour en être le père,
Pour tenir ses sujets, sans trop les alarmer,
Dans une dépendance entière ;
Ce secret, c'est de les aimer.
Voilà pour bien régner la science suprême ;
Et si vous désirez la voir dans votre fils,
Sire, montrez-la-lui vous-même.
Tout le conseil resta muet à cet avis.
Le lion court au chien : Ami, je te confie
Le bonheur de l'État et celui de ma vie ;
Prends mon fils, sois son maître, et, loin de tout flatteur,
S'il se peut, va former son cœur.
Il dit, et le chien part avec le jeune prince.
D'abord à son pupille il persuade bien
Qu'il n'est point lionceau, qu'il n'est qu'un pauvre chien,
Son parent éloigné. De province en province
Il le fait voyager, montrant à ses regards
Les abus du pouvoir, des peuples la misère,
Les lièvres, les lapins mangés par les renards,
Les moutons par les loups, les cerfs par la panthère,
Partout le faible terrassé,
Le bœuf travaillant sans salaire,
Et le singe récompensé.
Le jeune lionceau frémissait de colère :
Mon père, disait-il, de pareils attentats
Sont-ils connus du roi ? Comment pourraient-ils l'être ?
Disait le chien : les grands approchent seuls du maître,
Et les mangés ne parlent pas.
Ainsi, sans raisonner de vertu, de prudence,
Notre jeune lion devenait tous les jours
Vertueux et prudent ; car c'est l'expérience
Qui corrige, et non les discours.
A cette bonne école il acquit avec l'âge
Sagesse, esprit, force et raison.
Que lui fallait-il davantage ?
Il ignorait pourtant encor qu'il fût lion.
Lorsqu'un jour qu'il parlait de sa reconnaissance
A son maître, à son bienfaiteur,
Un tigre furieux, d'une énorme grandeur,
Paraissant tout à coup, contre le chien s'avance.
Le lionceau plus prompt s'élance,
Il hérisse ses crins, il rugit de fureur,
Bat ses flancs de sa queue ; et ses griffes sanglantes
Ont bientôt dispersé les entrailles fumantes
De son redoutable ennemi.
A peine il est vainqueur qu'il court à son ami :
Oh ! quel bonheur pour moi d'avoir sauvé ta vie !
Mais quel est mon étonnement !
Sais-tu que l'amitié, dans cet heureux moment,
M'a donné d'un lion la force et la furie ?
Vous l'êtes, mon cher fils, oui, vous êtes mon roi,
Dit le chien tout baigné de larmes.
Le voilà donc venu, ce moment plein de charmes,
Où, vous rendant enfin tout ce que je vous dois
Je peux vous dévoiler un important mystère !
Retournons à la cour, mes travaux sont finis.
Cher prince, malgré moi cependant je gémis,
Je pleure, pardonnez, tout l'État trouve un père,
Et moi je vais perdre mon fils.

FABLE XVI

Le Danseur de corde et le Balancier

Sur la corde tendue un jeune voltigeur
Apprenait à danser ; et déjà son adresse,

Ses tours de force, de souplesse,
Faisaient venir maint spectateur.
Sur son étroit chemin on le voit qui s'avance,
Le balancier en main, l'air libre, le corps droit,
Hardi, léger autant qu'adroit;
Il s'élève, descend, va, vient, plus haut s'élance,
Retombe, remonte en cadence,
Et, semblable à certains oiseaux
Qui rasent en volant la surface des eaux,
Son pied touche, sans qu'on le voie,
A la corde qui plie et dans l'air le renvoie.
Notre jeune danseur tout fier de son talent,
Dit un jour : A quoi bon ce balancier pesant
Qui me fatigue et m'embarrasse ?
Si je dansais sans lui, j'aurais bien plus de grâce,
De force et de légèreté.

Aussitôt fait que dit. Le balancier jeté,
Notre étourdi chancelle, étend les bras et tombe.
Il se cassa le nez; et tout le monde en rit.
Jeunes gens, jeunes gens, ne vous a-t-on pas dit
Que sans règle et sans frein tôt ou tard on succombe ?
La vertu, la raison, les lois, l'autorité,
Dans vos désirs fougueux vous causent quelque peine :
C'est le balancier qui vous gêne,
Mais qui fait votre sûreté.

FABLE XVII

La jeune Poule et le vieux Renard

Une poulette jeune et sans expérience,
En trottant, cloquetant, grattant,
Se trouva, je ne sais comment,
Fort loin du poulailler, berceau de son enfance.
Elle s'en aperçut qu'il était déjà tard.
Comme elle y retournait, voici qu'un vieux renard
A ses yeux troublés se présente.
La pauvre poulette tremblante
Recommande son âme à Dieu.
Mais le renard, s'approchant d'elle,
Lui dit : Hélas ! mademoiselle,
Votre frayeur m'étonne peu ;
C'est la faute de mes confrères,
Gens de sac et de corde, infâmes ravisseurs,
Dont les appétits sanguinaires
Ont rempli la terre d'horreurs.
Je ne puis les changer, mais du moins je travaille
A préserver, par mes conseils,
L'innocente et faible volaille,
Des attentats de mes pareils.
Je ne me trouve heureux qu'en me rendant utile ;
Et j'allais de ce pas jusque dans votre asile
Pour avertir vos sœurs qu'il court un mauvais bruit.
C'est qu'un certain renard, méchant autant qu'habile,
Doit vous attaquer cette nuit.
Je viens veiller pour vous. La crédule innocente
Vers le poulailler le conduit.
A peine est-il dans ce réduit,
Qu'il tue, étrangle, égorge, et sa griffe sanglante
Entasse les mourants sur la terre étendus,
Comme fit Diomède au quartier de Rhésus.
Il croqua tout, grandes, petites,
Coqs, poulets et chapons ; tout périt sous ses dents.

La pire espèce des méchants
Est celle des vieux hypocrites.

FABLE XVIII

Les deux Persans

Cette pauvre raison, dont l'homme est si jaloux,
N'est qu'un pâle flambeau qui jette autour de nous
Une triste et faible lumière ;
Par-delà c'est la nuit. Le mortel téméraire
Qui veut y pénétrer marche sans savoir où.
Mais ne point profiter de ce bienfait suprême,
Éteindre son esprit, et s'aveugler soi-même,
C'est un autre excès non moins fou.

En Perse il fut jadis deux frères,
Adorant le soleil, suivant l'antique loi.
L'un d'eux, chancelant dans sa foi,
N'estimant rien que ses chimères,
Prétendait méditer, connaître, approfondir
De son dieu la sublime essence ;
Et du matin au soir, afin d'y parvenir,
L'œil toujours attaché sur l'astre qu'il encense,
Il voulait expliquer le secret de ses feux.
Le pauvre philosophe y perdit les deux yeux,
Et dès lors du soleil il nia l'existence.
L'autre était crédule et bigot :
Effrayé du sort de son frère,
Il y vit de l'esprit l'abus trop ordinaire,
Et mis tous ses efforts à devenir un sot.
On vient à bout de tout ; le pauvre solitaire
Avait peu de chemin à faire ;
Il fut content de lui bientôt.
Mais, de peur d'offenser l'astre qui nous éclaire
En portant jusqu'à lui des regards indiscrets,
Il se fit un trou sous la terre,
Et condamna ses yeux à ne le voir jamais.

Humains, pauvres humains, jouissez des bienfaits
D'un Dieu que vainement la raison veut comprendre ;
Mais que l'on voit partout, mais qui parle à nos cœurs.
Sans vouloir deviner ce qu'on ne peut apprendre,
Sans rejeter les dons que sa main sait répandre,
Employons notre esprit à devenir meilleurs.
Nos vertus au Très-Haut sont le plus digne hommage,
Et l'homme juste est le seul sage.

FABLE XIX

Myson

Myson fut connu dans la Grèce
Par son amour pour la sagesse :
Pauvre, libre, content, sans soins, sans embarras,
Il vivait dans les bois, seul, méditant sans cesse,
Et parfois riant aux éclats.
Un jour deux Grecs vinrent lui dire :
De ta gaité, Myson, nous sommes tous surpris :
Tu vis seul ; comment peux-tu rire ?
Vraiment, répondit-il, voilà pourquoi je ris.

FABLE XX

Le Chat et le Moineau

La prudence est bonne de soi ;
Mais la pousser trop loin est une duperie :
L'exemple suivant en fait foi.
Des moineaux habitaient dans une métairie.
Un beau champ de millet, voisin de la maison,
Leur donnait du grain à foison.
Les moineaux dans le champ passaient toute leur vie,
Occupés de gruger les épis de millet.
Le vieux chat du logis les guettait d'ordinaire,
Tournait et retournait ; mais il avait beau faire,
Sitôt qu'il paraissait, la bande s'envolait.
Comment les attraper ? notre vieux chat y songe,
Médite, fouille en son cerveau,
Et trouve un tour tout neuf. Il va tremper dans l'eau
Sa patte dont il fait éponge,
Dans du millet en grain aussitôt il la plonge ;
Le grain s'attache tout autour.
Alors à cloche-pied, sans bruit, par un détour,
Il va gagner le champ, s'y couche
La patte en l'air et sur le dos,
Ne bougeant non plus qu'une souche.
Sa patte ressemblait à l'épi le plus gros :
L'oiseau s'y méprenait, il approchait sans crainte,
Venait pour becqueter : de l'autre patte, crac !
Voilà mon oiseau dans le sac.
Il en prit vingt par cette feinte.
Un moineau s'aperçoit du piége scélérat,
Et prudemment fuit la machine ;
Mais dès ce jour il s'imagine
Que chaque épi de grain était patte de chat.
Au fond de son trou solitaire
Il se retire et plus n'en sort,
Supporte la faim, la misère,
Et meurt pour éviter la mort.

FABLE XXI

Le Roi de Perse

Un roi de Perse certain jour
Chassait avec toute sa cour.
Il eut soif, et dans cette plaine
On ne trouvait point de fontaine.
Près de là seulement était un grand jardin
Rempli de beaux cédrats, d'oranges, de raisin :
A Dieu ne plaise que j'en mange !
Dit le roi, ce jardin courrait trop de danger :
Si je me permettais d'y cueillir une orange,
Mes vizirs aussitôt mangeraient le verger.

FABLE XXII

Le Linot

Une linotte avait un fils
Qu'elle adorait selon l'usage ;
C'était l'unique fruit du plus doux mariage,
Et le plus beau linot qui fût dans le pays.
Sa mère en était folle, et tous les témoignages
Que peuvent inventer la tendresse et l'amour
Étaient pour cet enfant épuisés chaque jour.
Notre jeune linot, fier de ces avantages,
Se croyait un phénix, prenait l'air suffisant,
Tranchait du petit important
Avec les oiseaux de son âge ;
Persiflait la mésange ou bien le roitelet,
Donnait à chacun son paquet,
Et se faisait haïr de tout le voisinage.
Sa mère lui disait : Mon cher fils, sois plus sage,
Plus modeste surtout. Hélas ! je conçois bien
Les dons, les qualités qui furent ton partage ;
Mais feignons de n'en savoir rien.
Pour qu'on les aime davantage.
A tout cela notre linot
Répondait par quelque bon mot.
La mère en gémissait dans le fond de son âme.
Un vieux merle, ami de la dame,
Lui dit : Laissez aller votre fils au grand bois,
Je vous réponds qu'avant un mois
Il sera sans défauts. Vous jugez des alarmes
De la mère, qui pleure et frémit du danger
Mais le jeune linot brûlait de voyager,
Il partit donc malgré ses larmes.
A peine est-il dans la forêt,
Que notre petit personnage
Du pivert entend le ramage,
Et se moque de son fausset.
Le pivert, qui prit mal cette plaisanterie,
Vient à bons coups de bec plumer le persifleur,
Et, deux jours après, une pie
Le dégoûte à jamais du métier de railleur.
Il lui restait encore la vanité secrète
De se croire excellent chanteur ;
Le rossignol et la fauvette
Le guérirent de son erreur.
Bref, il retourna chez sa mère,
Doux, poli, modeste et charmant.
Ainsi l'adversité fit dans un seul moment
Ce que tant de leçons n'avaient jamais pu faire.

LIVRE III

FABLE I

Les Singes et le Léopard

Des singes dans un bois jouaient à la main chaude;
Certaine guenon moricaude,
Assise gravement, tenait sur ses genoux
La tête de celui qui, courbant son échine,
Sur sa main recevait les coups.
On frappait fort, et puis devine!
Il ne devinait point; c'était alors des ris,
Des sauts, des gambades, des cris.
Attiré par le bruit du fond de sa tanière,
Un jeune léopard, prince assez débonnaire,
Se présente au milieu de nos singes joyeux.
Tout tremble à son aspect. Continuez vos jeux,
Leur dit le léopard, je n'en veux à personne:
Rassurez-vous, j'ai l'âme bonne;
Et je viens même ici, comme particulier,
A vos plaisirs m'associer.

Jouons, je suis de la partie.
Ah! monseigneur, quelle bonté!
Quoi! Votre Altesse veut, quittant sa dignité,
Descendre jusqu'à nous? — Oui, c'est ma fantaisie.
Mon Altesse eut toujours de la philosophie,
Et sait que tous les animaux
Sont égaux.
Jouons donc, mes amis, jouons, je vous en prie.
Les singes enchantés crurent à ce discours,
Comme l'on y croira toujours.
Toute la troupe joviale
Se remet à jouer : l'un d'entre eux tend la main;
Le léopard frappe, et soudain
On voit couler du sang sous la griffe royale.
Le singe cette fois devina qui frappait;
Mais il s'en alla sans le dire.
Ses compagnons faisaient semblant de rire,
Et le léopard seul riait.
Bientôt chacun s'excuse et s'échappe à la hâte,
En se disant entre leurs dents :
Ne jouons point avec les grands,
Le plus doux a toujours des griffes à la patte.

FABLE II

L'Inondation

Des laboureurs vivaient paisibles et contents
Dans un riche et nombreux village ;
Dès l'aurore ils allaient travailler à leurs champs.
Le soir ils revenaient chantants
Au sein d'un tranquille ménage ;
Et la nature bonne et sage,
Pour prix de leurs travaux, leur donnait tous les ans
De beaux blés et de beaux enfants.
Mais il faut bien souffrir ; c'est notre destinée.
Or il arriva qu'une année,
Dans le mois où le blond Phébus
S'en va faire visite au brûlant Sirius,
La terre, de sucs épuisée,
Ouvrant de toutes parts son sein,
Haletait sous un ciel d'airain.
Point de pluie et point de rosée.
Sur un sol crevassé l'on voit noircir le grain ;
Les épis sont brûlés, et leurs têtes penchées
Tombent sur leurs tiges séchées.
On trembla de mourir de faim ;
La commune s'assemble ; en hâte on délibère ;
Et chacun, comme à l'ordinaire,
Parle beaucoup et rien ne dit.
Enfin quelques vieillards, gens de sens et d'esprit,
Proposèrent un parti sage :
Mes amis, dirent-ils, d'ici vous pouvez voir
Ce mont peu distant du village ;
Là se trouve un grand lac, immense réservoir
Des souterraines eaux qui s'y font un passage.
Allez saigner ce lac ; mais sachez ménager
Un petit nombre de saignées,
Afin qu'à votre gré vous puissiez diriger
Ces bienfaisantes eaux dans vos terres baignées :
Juste quand il faudra nous les arrêterons.
Prenez bien garde au moins... Oui, oui, courons, courons,
S'écrie aussitôt l'assemblée.
Et voilà mille jeunes gens
Armés d'hoyaux, de pics et d'autres instruments,
Qui volent vers le lac : la terre est travaillée
Tout autour de ses bords ; on perce en cent endroits
A la fois :
D'un morceau de terrain chaque ouvrier se charge :
Courage, allons ! point de repos !
L'ouverture jamais ne peut être assez large.
Cela fut bientôt fait. Avant la nuit, les eaux,
Tombant de tout leur poids sur leur digue affaiblie,
De partout roulent à grands flots.
Transports et compliments de la troupe ébahie,
Qui s'admire dans ses travaux.
Le lendemain matin ce ne fut pas de même ;
On voit flotter les blés sur un océan d'eau ;
Pour sortir du village il faut prendre un bateau ;
Tout est perdu, noyé. La douleur est extrême,
On s'en prend aux vieillards. C'est vous, leur disait-on,
Qui nous coûtez notre moisson ;
Votre maudit conseil..... Il était salutaire,
Répondit un d'entre eux ; mais ce qu'on vient de faire
Est fort loin du conseil comme de la raison.
Nous voulions un peu d'eau, vous nous lâchez la bonde ;
L'excès d'un très grand bien devient un mal très grand ;
Le sage arrose doucement ;
L'insensé tout de suite inonde.

FABLE III

Le Sanglier et les Rossignols

Un homme riche, sot et vain,
Qualités qui parfois marchent de compagnie,
Croyait pour tous les arts avoir un goût divin.
Et pensait que son or lui donnait du génie.
Chaque jour à sa table on voyait réunis
Peintres, sculpteurs, savants, artistes, beaux esprits.
Qui lui prodiguaient les hommages,
Lui montraient des dessins, lui lisaient des ouvrages.
Écoutaient les conseils qu'il daignait leur donner,
Et l'appelaient Mécène en mangeant son dîner.
Se promenant un soir dans son parc solitaire,
Suivi d'un jardinier, homme instruit et de sens.
Il vit un sanglier qui labourait la terre,
Comme ils font quelquefois pour aiguiser leurs dents.
Autour du sanglier, les merles, les fauvettes,
Surtout les rossignols, voltigeant, s'arrêtant,
Répétaient à l'envi leurs douces chansonnettes,
Et le suivaient toujours chantant.
L'animal écoutait l'harmonieux ramage
Avec la gravité d'un docte connaisseur ;
Baissait parfois la hure en signe de faveur.
Ou bien, la secouant, refusait son suffrage.
Qu'est ceci ? dit le financier :
Comment ! les chantres du bocage
Pour leur juge ont choisi cet animal sauvage ?
Nenni, répond le jardinier :
De la terre par lui fraîchement labourée,
Sont sortis plusieurs vers, excellente curée
Qui seule attire ces oiseaux ;
Ils ne se tiennent à sa suite
Que pour manger ces vermisseaux ;
Et l'imbécile croit que c'est pour son mérite.

FABLE IV

Le Rhinocéros et le Dromadaire

Un rhinocéros jeune et fort
Disait un jour au dromadaire :
Expliquez-moi, s'il vous plaît, mon cher frère,
D'où peut venir pour nous l'injustice du sort.
L'homme, cet animal puissant par son adresse,
Vous recherche avec soin, vous loge, vous chérit,
De son pain même vous nourrit,
Et croit augmenter sa richesse
En multipliant votre espèce.

Je sais bien que sur votre dos
Vous portez ses enfants, sa femme, ses fardeaux;
Que vous êtes léger, doux, sobre, infatigable;
J'en conviens franchement : mais le rhinocéros
Des mêmes vertus est capable;
Je crois même, soit dit sans vous mettre en courroux,
Que tout l'avantage est pour nous :
Notre corne et notre cuirasse
Dans les combats pourraient servir;
Et cependant l'homme nous chasse,
Nous méprise, nous hait, et nous force à le fuir.
Ami, répond le dromadaire,
De notre sort ne soyez point jaloux;
C'est peu de servir l'homme, il faut encor lui plaire.
Vous êtes étonné qu'il nous préfère à vous;
Mais de cette faveur voici tout le mystère,
Nous savons plier les genoux.

FABLE V

Le Rossignol et le Paon

L'AIMABLE et tendre Philomèle.
Voyant commencer les beaux jours,
Racontait à l'écho fidèle
Et ses malheurs et ses amours.

Le plus beau paon du voisinage,
Maître et sultan de ce canton,
Élevant la tête et le ton,
Vint interrompre son ramage.

C'est bien à toi, chantre ennuyeux,
Avec un si triste plumage,
Et ce long bec, et ces gros yeux,
De vouloir charmer le bocage !

A la beauté seule il va bien
D'oser célébrer la tendresse ;
De quel droit chantes-tu sans cesse ?
Moi qui suis beau, je ne dis rien.

Pardon, répondit Philomèle,
Il est vrai, je ne suis pas belle ;
Et si je chante dans ce bois,
Je n'ai de titre que ma voix.

Mais vous, dont la noble arrogance
M'ordonne de parler plus bas,
Vous vous taisez par impuissance,
Et n'avez que vos seuls appas.

Ils doivent éblouir sans doute :
Est-ce assez pour se faire aimer ?
Allez, puisque Amour n'y voit goutte,
C'est l'oreille qu'il faut charmer.

FABLE VI

Hercule au Ciel

LORSQUE le fils d'Alcmène, après ses longs travaux,
Fut reçu dans le ciel, tous les dieux s'empressèrent
De venir au-devant de ce fameux héros.
Mars, Minerve, Vénus, tendrement l'embrassèrent ;
Junon même lui fit un accueil assez doux.
Hercule transporté les remerciait tous,
Quand Plutus, qui voulait être aussi de la fête,
Vint d'un air insolent lui présenter la main.
Le héros irrité passe en tournant la tête.
Mon fils, lui dit alors Jupin,
Que t'a donc fait ce dieu ? D'où vient que la colère,
A son aspect, trouble tes sens ?
— C'est que je le connais, mon père,
Et presque toujours sur la terre,
Je l'ai vu l'ami des méchants.

FABLE VII

Le Lièvre, ses Amis et les deux Chevreuils

Un lièvre de bon caractère
Voulait avoir beaucoup d'amis.
Beaucoup ! me direz-vous, c'est une grande affaire,
Un seul est rare en ce pays.
J'en conviens ; mais mon lièvre avait cette marotte,
Et ne savait pas qu'Aristote
Disait aux jeunes Grecs à son école admis :
Mes amis, il n'est point d'amis.
Sans cesse il s'occupait d'obliger et de plaire ;
S'il passait un lapin, d'un air doux et civil,
Vite il courait à lui : Mon cousin, disait-il,
J'ai du beau serpolet tout près de ma tanière ;
De déjeuner chez moi faites-moi la faveur.
S'il voyait un cheval paître dans la campagne,
Il allait l'aborder : Peut-être monseigneur
A-t-il besoin de boire ; au pied de la montagne
Je connais un lac transparent
Qui n'est jamais ridé par le moindre zéphyre ;
Si monseigneur veut, dans l'instant
J'aurai l'honneur de l'y conduire.
Ainsi pour tous les animaux,
Cerfs, moutons, coursiers, daims, taureaux,
Complaisant, empressé, toujours rempli de zèle,
Il voulait de chacun faire un ami fidèle,
Et s'en croyait aimé parce qu'il les aimait.
Certain jour que, tranquille en son gîte, il dormait,
Le bruit du cor l'éveille, il décampe au plus vite ;
Quatre chiens s'élancent après ;
Un maudit piqueur les excite,
Et voilà notre lièvre arpentant les guérets.
Il va, tourne, revient, aux mêmes lieux repasse,
Saute, franchit un long espace
Pour dévoyer les chiens, et prompt comme l'éclair,
Gagne pays, et puis s'arrête :
Assis, les deux pattes en l'air,
L'œil et l'oreille au guet, il élève la tête,
Cherchant s'il ne voit point quelqu'un de ses amis.
Il aperçoit dans des taillis
Un lapin que toujours il traita comme un frère ;
Il y court : Par pitié, sauve-moi, lui dit-il,
Donne retraite à ma misère,
Ouvre-moi ton terrier ; tu vois l'affreux péril...
Ah ! que j'en suis fâché ! répond d'un air tranquille
Le lapin : je ne puis t'offrir mon logement,

Ma femme accouche en ce moment ;
Sa famille et la mienne ont rempli mon asile ;
Je te plains bien sincèrement ;
Adieu, mon cher ami. Cela dit, il s'échappe,
Et voici la meute qui jappe.
Le pauvre lièvre part. A quelque pas plus loin,
Il rencontre un taureau que, cent fois au besoin,
Il avait obligé ; tendrement il le prie
D'arrêter un moment cette meute en furie,
Qui de ses cornes aura peur.
Hélas ! dit le taureau, ce serait de grand cœur :
Mais des génisses la plus belle
Est seule dans ce bois, je l'entends qui m'appelle ;
Et tu ne voudrais pas retarder mon bonheur.
Disant ces mots, il part. Notre lièvre, hors d'haleine,
Implore vainement un daim, un cerf dix cors,
Ses amis les plus sûrs ; ils l'écoutent à peine,
Tant ils ont peur du bruit des cors.
Le pauvre infortuné, sans force et sans courage,
Allait se rendre aux chiens, quand du milieu du bois,
Deux chevreuils reposant sous le même feuillage
Des chasseurs entendent la voix :
L'un d'eux se lève et part ; la meute sanguinaire
Quitte le lièvre et court après.
En vain le piqueur en colère
Crie, et jure, et se fâche ; à travers les forêts
Le chevreuil emmène la chasse,
Va faire un long circuit, et revient au buisson
Où l'attendait son compagnon,
Qui dans l'instant part à sa place.
Celui-ci fait de même, et, pendant tout le jour,
Les deux chevreuils lancés et quittés tour à tour
Fatiguent la meute obstinée.
Enfin les chasseurs, tout honteux,
Prennent le bon parti de retourner chez eux.
Déjà la retraite est sonnée,
Et les chevreuils rejoints. Le lièvre palpitant
S'approche, et leur raconte, en les félicitant,
Que ses nombreux amis, dans ce péril extrême,
L'avaient abandonné. Je n'en suis pas surpris,
Répond un des chevreuils : à quoi bon tant d'amis ?
Un seul suffit quand il nous aime.

FABLE VIII

Les deux Bacheliers

Deux jeunes bacheliers, logés chez un docteur,
Y travaillaient avec ardeur
A se mettre en état de prendre leurs licences.
Là, du matin au soir, en public disputant,
Prouvant, divisant, ergotant
Sur la nature et ses substances,
L'infini, le fini, l'âme, la volonté,
Les sens, le libre arbitre et la nécessité ;
Ils en étaient bientôt à ne plus se comprendre :
Même par là souvent l'on dit qu'ils commençaient ;
Mais c'est alors qu'ils se poussaient
Les plus beaux arguments : qui venait les entendre
Bouche béante demeurait,
Et leur professeur même en extase admirait.
Une nuit qu'ils dormaient dans le grenier du maître
Sur un grabat commun, voilà mes jeunes gens
Qui, dans un rêve, pensent être
A se disputer sur les bancs.
Je démontre, dit l'un. Je distingue, dit l'autre.
Or, voici mon dilemme. Ergo, voici le nôtre...
A ces mots, nos rêveurs, criant, gesticulant,
Au lieu de s'en tenir aux simples arguments
D'Aristote ou de Scot, soutiennent leur dilemme
De coups de poing bien assénés
Sur le nez.
Tous deux sautent du lit dans une rage extrême,
Se saisissent par les cheveux,
Tombent et font tomber pêle mêle avec eux
Tous les meubles qu'ils ont, deux chaises, une table
Et quatre in-folios écrits sur parchemin.
Le professeur arrive, une chandelle en main,
A ce tintamarre effroyable :
Le diable est donc ici ! dit-il tout hors de soi.
Comment ! sans y voir clair et sans savoir pourquoi,
Vous vous battez ainsi ! Quelle mouche vous pique ?
Nous ne nous battons point, disent-ils ; jugez mieux :
C'est que nous repassons tous deux
Nos leçons de métaphysique.

FABLE IX

Le Roi Alphonse

Certain roi qui régnait sur les rives du Tage,
Et que l'on surnommait le *Sage*,
Non parce qu'il était prudent,
Mais parce qu'il était savant,
Alphonse, fut surtout un habile astronome.
Il connaissait le ciel bien mieux que son royaume,
Et quittait souvent son conseil
Pour la lune ou pour le soleil.
Un soir qu'il retournait à son observatoire,
Entouré de ses courtisans :
Mes amis, disait-il, enfin j'ai lieu de croire
Qu'avec mes nouveaux instruments
Je verrai, cette nuit, des hommes dans la lune.
Votre Majesté les verra,
Répondait-on, la chose est même trop commune,
Elle doit voir mieux que cela.
Pendant tous ces discours, un pauvre, dans la rue,
S'approche en demandant humblement, chapeau bas,
Quelques maravédis : le roi ne l'entend pas,
Et sans le regarder son chemin continue.
Le pauvre suit le roi toujours tendant la main,
Toujours renouvelant sa prière importune :
Mais, les yeux vers le ciel, le roi, pour tout refrain,
Répétait : Je verrai des hommes dans la lune.
Enfin le pauvre le saisit
Par son manteau royal, et gravement lui dit :
Ce n'est pas de là haut, c'est des lieux où nous sommes,
Que Dieu vous a fait souverain.
Regardez à vos pieds ; là vous verrez des hommes,
Et des hommes manquant de pain.

FABLE X

Le Renard déguisé

Un renard plein d'esprit, d'adresse, de prudence,
A la cour d'un lion servait depuis longtemps;
Les succès les plus éclatants
Avaient prouvé son zèle et son intelligence.
Pour peu qu'on l'employât, toute affaire allait bien.
On le louait beaucoup, mais sans lui donner rien;
Et l'habile renard était dans l'indigence.
Lassé de servir des ingrats,
De réussir toujours sans en être plus gras,
Il s'enfuit de la cour; dans un bois solitaire,
Il s'en va trouver son grand-père,
Vieux renard retiré, qui jadis fut vizir.
Là, contant ses exploits, et puis les injustices,
Les dégoûts qu'il eut à souffrir,
Il demande pourquoi de si nombreux services
N'ont jamais pu rien obtenir.

Le bonhomme renard, avec sa voix cassée,
Lui dit : Mon cher enfant, la semaine passée,
Un blaireau, mon cousin, est mort dans ce terrier,
C'est moi qui suis son héritier.
J'ai conservé sa peau, mets-la dessus la tienne,
Et retourne à la cour. Le renard avec peine
Se soumit au conseil : affublé de la peau
De feu son cousin le blaireau,
Il va se regarder dans l'eau d'une fontaine,
Se trouve l'air d'un sot, tel qu'était le cousin.
Tout honteux, de la cour il reprend le chemin.
Mais, quelques mois après, dans un riche équipage,
Entouré de valets, d'esclaves, de flatteurs,
Comblé de dons et de faveurs,
Il vient de sa fortune au vieillard faire hommage :
Il était grand vizir. Je te l'avais bien dit,
S'écrie alors le vieux grand-père,
Mon ami, chez les grands quiconque voudra plaire
Doit d'abord cacher son esprit.

FABLE XI

Le Dervis, la Corneille et le Faucon

Un de ces pieux solitaires
Qui, détachant leurs cœurs des choses d'ici-bas,
Font vœu de renoncer à des biens qu'ils n'ont pas,
Pour vivre du bien de leurs frères,
Un dervis, en un mot, s'en allait mendiant
Et priant;
Lorsque les cris plaintifs d'une jeune corneille,
Par des parents cruels laissée en son berceau,
Presque sans plume encor, vinrent à son oreille.
Notre dervis regarde, et voit le pauvre oiseau
Allongeant sur son nid sa tête demi-nue;
Dans l'instant, du haut de la nue,
Un faucon descend vers ce nid;
Et, le bec rempli de pâture,
Il apporte sa nourriture
A l'orpheline qui gémit.
O du puissant Allah providence adorable!
S'écria le dervis: plutôt qu'un innocent
Périsse sans secours, tu rends compatissant
Des oiseaux le moins pitoyable!
Et moi, fils du Très-Haut, je chercherais mon pain!
Non, par le prophète j'en jure,
Tranquille désormais, je remets mon destin
A celui qui prend soin de toute la nature.
Cela dit, le dervis, couché tout de son long,
Se met à bayer aux corneilles,
De la création admire les merveilles,
De l'univers l'ordre profond.
Le soir vint; notre solitaire
Eut un peu d'appétit en faisant sa prière:
Ce n'est rien, disait-il; mon souper va venir.
Le souper ne vient point. Allons, il faut dormir,
Ce sera pour demain. Le lendemain, l'aurore
Paraît, et point de déjeuner.
Ceci commence à l'étonner;
Cependant il persiste encore,
Et croit à chaque instant voir venir son dîner.
Personne n'arrivait; la journée est finie,
Et le dervis à jeun voyait d'un œil d'envie
Ce faucon qui venait toujours
Nourrir sa pupille chérie.
Tout à coup il l'entend lui tenir ce discours:
Tant que vous n'avez pu, ma mie,
Pourvoir vous-même à vos besoins,
De vous j'ai pris de tendres soins;
A présent que vous voilà grande,
Je ne reviendrai plus. Allah nous recommande
Les faibles et les malheureux;
Mais être faible, ou paresseux,
C'est une grande différence.
Nous ne recevons l'existence
Qu'afin de travailler pour nous ou pour autrui.
De ce devoir sacré quiconque se dispense
Est puni de la Providence
Par le besoin ou par l'ennui.
Le faucon dit et part. Touché de ce langage,
Le dervis converti reconnaît son erreur,
Et gagnant le premier village,
Se fait valet de laboureur.

FABLE XII

Les Enfants et les Perdreaux

Deux enfants d'un fermier, gentils, espiègles, beaux,
Mais un peu gâtés par leur père,
Cherchant des nids dans leur enclos,
Trouvèrent des petits perdreaux
Qui voletaient après leur mère.
Vous jugez de leur joie, et comment mes bambins
A la troupe qui s'éparpille
Vont partout couper les chemins,
Et n'ont pas assez de leurs mains
Pour prendre la pauvre famille !
La perdrix, traînant l'aile, appelant ses petits,
Tourne en vain, voltige, s'approche ;
Déjà mes jeunes étourdis
Ont toute sa couvée en poche.
Ils veulent partager, comme de bons amis ;
Chacun en garde six, il en reste un treizième :
L'aîné le veut, l'autre le veut aussi.
—Tirons au doigt mouillé.—Parbleu non.—Parbleu si.
— Cède, ou bien tu verras.— Mais tu verras toi-même.
De propos en propos, l'aîné peu patient,
Jette à la tête de son frère
Le perdreau disputé. Le cadet, en colère,
D'un des siens riposte à l'instant.
L'aîné recommence d'autant ;
Et ce jeu qui leur plaît couvre autour d'eux la terre
De pauvres perdreaux palpitants.
Le fermier, qui passait en revenant des champs,
Voit ce spectacle sanguinaire,
Accourt, et dit à ses enfants :
Comment donc ! petits rois, vos discordes cruelles
Font que tant d'innocents expirent par vos coups !
De quel droit, s'il vous plaît, dans vos tristes querelles,
Faut-il que l'on meure pour vous ?

FABLE XIII

L'Hermine, le Castor et le Sanglier

Une hermine, un castor, un jeune sanglier,
Cadets de leur famille, et partant sans fortune,
Dans l'espoir d'en acquérir une,
Quittèrent leur forêt, leur étang, leur hallier.
Après un long voyage, après mainte aventure,
Ils arrivent dans un pays
Où s'offrent à leurs yeux ravis
Tous les trésors de la nature,
Des prés, des eaux, des bois, des vergers pleins de fruits.
Nos pèlerins, voyant cette terre chérie,
Éprouvent les mêmes transports
Qu'Énée et ses Troyens en découvrant les bords
Du royaume de Lavinie.
Mais ce riche pays était de toutes parts
Entouré d'un marais de bourbe,
Où des serpents et des lézards
Se jouait l'effroyable tourbe.
Il fallait le passer, et nos trois voyageurs
S'arrêtent sur le bord, étonnés et rêveurs.
L'hermine la première avance un peu la patte ;

Elle la retire aussitôt,
En arrière elle fait un saut,
En disant : Mes amis, fuyons en grande hâte ;
Ce lieu, tout beau qu'il est, ne peut nous convenir.
Pour arriver là-bas il faudrait se salir,
Et moi je suis si délicate,
Qu'une tache me fait mourir.
Ma sœur, dit le castor, un peu de patience ;
On peut, sans se tacher, quelquefois réussir ;
Il faut alors du temps et de l'intelligence :
Nous avons tout cela ; pour moi, qui suis maçon,
Je vais en quinze jours vous bâtir un beau pont
Sur lequel nous pourrons, sans craindre les morsures
De ces vilains serpents, sans gâter nos fourrures,
Arriver au milieu de ce charmant vallon.

Quinze jours ! ce terme est bien long,
Répond le sanglier : moi, j'y serai plus vite,
Vous allez voir comment. En prononçant ces mots,
Le voilà qui se précipite
Au plus fort du bourbier, s'y plonge jusqu'au dos,
A travers les serpents, les lézards, les crapauds,
Marche, pousse à son but, arrive plein de boue,
Et là, tandis qu'il se secoue,
Jetant à ses amis un regard de dédain :
Apprenez, leur dit-il, comme on fait son chemin.

FABLE XIV

La Balance de Minos

Minos, ne pouvant plus suffire
Au fatigant métier d'entendre et de juger
Chaque ombre descendue au ténébreux empire,
Imagina, pour abréger,
De faire une balance,
Où dans l'un des bassins il mettait à la fois
Cinq ou six morts, dans l'autre un certain poids
Qui déterminait la sentence.
Si le poids s'élevait, alors plus à loisir
Minos examinait l'affaire ;
Si le poids baissait au contraire,
Sans scrupule il faisait punir.
La méthode était sûre, expéditive et claire.
Minos s'en trouvait bien. Un jour en même temps
Aux bords du Styx la mort rassemble
Deux rois, un grand ministre, un héros, trois savants.
Minos les fait peser ensemble ;
Le poids s'élève ; il en met deux,
Et puis trois, c'est en vain : quatre ne font pas mieux.
Minos, un peu surpris, ôte de la balance
Ces inutiles poids, cherche un autre moyen,
Et près de là voyant un pauvre homme de bien
Qui dans un coin obscur attendait en silence,
Il le met seul en contre-poids :
Les sept ombres alors s'élèvent à la fois.

FABLE XV

Le Renard qui prêche

Un vieux renard cassé, goutteux, apoplectique,
Mais instruit, éloquent, disert,
Et sachant très bien sa logique,
Se mit à prêcher au désert.
Son style était fleuri, sa morale excellente.
Il prouvait en trois points que la simplicité,
Les bonnes mœurs, la probité,
Donnent à peu de frais cette félicité,
Qu'un monde imposteur nous présente,
Et nous fait payer cher sans la donner jamais.
Notre prédicateur n'avait aucun succès ;
Personne ne venait, hors cinq ou six marmottes,
Ou bien quelques biches dévotes,
Qui vivaient loin du bruit, sans entour, sans faveur,
Et ne pouvaient pas mettre en crédit l'orateur.
Il prit le bon parti de changer de matière,
Prêcha contre les ours, les tigres, les lions,
Contre leurs appétits gloutons,
Leur soif, leur rage sanguinaire.

Tout le monde accourut alors à ses sermons :
Cerfs, gazelles, chevreuils, y trouvaient mille charmes.
L'auditoire sortait toujours baigné de larmes ;
Et le nom du renard devint bientôt fameux.
Un lion, roi de la contrée,
Bon homme au demeurant, et vieillard fort pieux,
De l'entendre fut curieux.
Le renard fut charmé de faire son entrée
A la cour ; il arrive, il prêche et cette fois
Se surpassant lui-même, il tonne, il épouvante
Les féroces tyrans des bois,
Peint la faible innocence à leur aspect tremblante,
Implorant chaque jour la justice trop lente
Du maître et du juge des rois.
Les courtisans, surpris de tant de hardiesse,
Se regardaient sans dire rien,
Car le roi trouvait cela bien.
La nouveauté parfois fait aimer la rudesse.
Au sortir du sermon, le monarque enchanté
Fit venir le renard : Vous avez su me plaire,
Lui dit-il ; vous m'avez montré la vérité :
Je vous dois un juste salaire ;
Que me demandez-vous pour prix de vos leçons ?
Le renard répondit : Sire, quelques dindons.

FABLE XVI

Le Paon, les deux Oisons et le Plongeon

Un paon faisait la roue, et les autres oiseaux
Admiraient son brillant plumage.
Deux oisons nasillards, du fond d'un marécage
Ne remarquaient que ses défauts.
Regarde, disait l'un, comme sa jambe est faite,
Comme ses pieds sont plats, hideux.
Et son cri, disait l'autre, est si mélodieux,
Qu'il fait fuir jusqu'à la chouette.
Chacun riait alors de ce qu'il avait dit.
Tout à coup un plongeon sortit :
Messieurs, leur cria-t-il, vous voyez d'une lieue
Ce qui manque à ce paon : c'est bien voir, j'en conviens,
Mais votre chant, vos pieds, sont plus laids que les siens,
Et vous n'aurez jamais sa queue.

FABLE XVII

Le Hibou, le Chat, l'Oison et le Rat

De jeunes écoliers avaient pris dans un trou
Un hibou,
Et l'avaient élevé dans la cour du collège.
Un vieux chat, un jeune oison,
Nourris par le portier, étaient en liaison
Avec l'oiseau ; tous trois avaient le privilège
D'aller et de venir par toute la maison.
A force d'être dans la classe,
Ils avaient orné leur esprit,
Savaient par cœur Denys d'Halicarnasse
Et tout ce qu'Hérodote et Tite-Live ont dit.
Un soir en disputant (des docteurs c'est l'usage),
Ils comparaient entre eux les peuples anciens.
Ma foi, disait le chat, c'est aux Egyptiens
Que je donne le prix : c'était un peuple sage,
Un peuple ami des lois, instruit, discret, pieux,
Rempli de respect pour ses dieux ;
Cela seul à mon gré lui donne l'avantage.
J'aime mieux les Athéniens,
Répondit le hibou : que d'esprit ! que de grâce !
Et dans les combats quelle audace !
Que d'aimables héros parmi leurs citoyens !
A-t-on jamais plus fait avec moins de moyens ?
Des nations c'est la première,
Parbleu ! dit l'oison en colère,
Messieurs, je vous trouve plaisants ;
Et les Romains que vous en semble ?
Est-il un peuple qui rassemble
Plus de grandeur, de gloire et de faits éclatants ?
Dans les arts comme dans la guerre,
Ils ont surpassé vos amis
Pour moi, ce sont mes favoris :
Tout doit céder le pas aux vainqueurs de la terre.
Chacun des trois pédants s'obstine en son avis,
Quand un rat, qui de loin entendait la dispute,
Rat savant, qui mangeait des thèmes dans sa hutte,
Leur cria : Je vois bien d'où viennent vos débats :
L'Égypte vénérait les chats,
Athènes les hiboux, et Rome au Capitole,
Aux dépens de l'État nourrissait des oisons :
Ainsi notre intérêt est toujours la boussole
Que suivent nos opinions.

FABLE XVIII

Le Parricide

Un fils avait tué son père.
Ce crime affreux n'arrive guère
Chez les tigres, les ours ; mais l'homme le commet.
Ce parricide eut l'art de cacher son forfait ;
Nul ne le soupçonna : farouche et solitaire,
Il fuyait les humains et vivait dans les bois,
Espérant échapper aux remords comme aux lois.
Certain jour on le vit détruire, à coups de pierre,
Un malheureux nid de moineaux.
Eh ! que vous ont fait ces oiseaux ?
Lui demande un passant, pourquoi tant de colère ?
Ce qu'ils m'ont fait ? répond le criminel :
Ces oisillons menteurs, que confonde le ciel,
Me reprochent d'avoir assassiné mon père.
Le passant le regarde : il se trouble, il pâlit,
Sur son front son crime se lit :
Conduit devant le juge, il l'avoue et l'expie.
O des vertus dernière amie,
Toi qu'on voudrait en vain éviter ou tromper
Conscience terrible, on ne peut t'échapper !

FABLE XIX

L'Amour et sa Mère

QUAND la belle Vénus, sortant du fond des mers,
Promena ses regards sur la plaine profonde,
Elle se crut d'abord seule dans l'univers ;
Mais près d'elle aussitôt l'Amour naquit de l'onde.
Vénus lui fit un signe, il embrassa Vénus ;
Et, se reconnaissant sans s'être jamais vus,
Tous deux sur un dauphin voguèrent vers la plage.
Comme ils approchaient du rivage,
L'Amour, qu'elle portait, s'échappe de ses bras,
Et lance plusieurs traits, en criant terre ! terre !
Que faites-vous ? mon fils, lui dit alors sa mère.
Maman, répondit-il, j'entre dans mes États.

FABLE XX

Le Perroquet confiant

CELA *ne sera rien*, disent certaines gens,
Lorsque la tempête est prochaine,
Pourquoi nous affliger avant que le mal vienne ?
Pourquoi ? Pour l'éviter, s'il en est encore temps.
Un capitaine de navire,
Fort brave homme, mais peu prudent,
Se mit en mer malgré le vent.
Le pilote avait beau lui dire
Qu'il risquait sa vie et son bien,
Notre homme ne faisait qu'en rire,
Et répétait toujours : *Cela ne sera rien.*
Un perroquet de l'équipage,
A force d'entendre ces mots,
Les retint, et les dit pendant tout le voyage.
Le navire égaré voguait au gré des flots,
Quand un calme plat vous l'arrête.
Les vivres tiraient à leur fin ;
Point de terre voisine, et bientôt plus de pain.
Chacun des passagers s'attriste, s'inquiète ;
Notre capitaine se tait.
Cela ne sera rien, criait le perroquet.
Le calme continue ; on vit vaille que vaille,
Il ne reste plus de volaille :
On mange les oiseaux triste et dernier moyen !
Perruches, cardinaux, catakois, tout y passe ;
Le perroquet, la tête basse,
Disait plus doucement : *Cela ne sera rien.*
Il pouvait encor fuir, sa cage était trouée,
Il attendit ; il fut étranglé bel et bien,
Et, mourant, il criait d'une voix enrouée :
Cela... Cela ne sera rien.

FABLE XXI

L'Aigle et la Colombe

A MADAME DE MONTESSON

O vous qui sans esprit plairiez par vos attraits,
Et de qui l'esprit seul suffirait pour séduire,
Vous, qui du blond Phébus savez toucher la lyre,
Et de l'amour lancer les traits,
Toute louable que vous êtes,
Je ne vous louerai point, allez, rassurez-vous :
Ce serait vous mettre en courroux,
Je le sais; cependant les belles, les poëtes
Aiment assez l'encens, vous êtes tout cela,
Et vous ne l'aimez point : j'en resterai donc là,
Mais ne vous fâchez pas, si j'ose
Parler toujours de vous en parlant d'autre chose.
Un aigle, fils des rois de l'empire de l'air,
Sur le soleil fixant sa vue,
Ne vivait, ne planait qu'au delà de la nue,
Et ne se reposait qu'aux pieds de Jupiter.
Cet aigle s'ennuyait ; le soleil et l'Olympe,
Lorsque sans cesse l'on y grimpe,
Finissent par être ennuyeux.
Notre aigle donc, lassé des cieux,
Descend sur un rocher ; près de lui vient se rendre
Une blanche colombe aux yeux doux, à l'air tendre,
Et dont le seul aspect faisait passer au cœur
Ce calme qui toujours annonce le bonheur.
L'aigle s'approche d'elle, et plein de confiance,
Lui raconte son déplaisir.
La colombe répond : Petite est ma science,
Mais je crois cependant que je peux vous guérir ;
Daignez me suivre dans la plaine.
Elle dit : l'aigle part : la colombe le mène
Dans les vallons fleuris, au bord des clairs ruisseaux,
Lui montre mille objets nouveaux,
Le fait reposer sous l'ombrage,
Ensuite le conduit sur de riants coteaux,
Et puis le ramène au bocage,
Où du rossignol le ramage
Faisait retentir les échos :
Ce n'est tout, elle sait encore
Doubler chaque plaisir de son royal amant
Par le charme du sentiment.
De plus en plus l'aigle l'adore,
Bientôt ils s'unissent tous deux ;
Leur félicité s'en augmente ;
Et lorsque notre aigle amoureux
Voulait remercier son épouse charmante
D'avoir enfin trouvé l'art de le rendre heureux,
Il lui disait d'une voix attendrie :
Le bonheur n'est pas dans les cieux ;
Il est près d'une bonne amie.

FABLE XXII

Le Lion et le Léopard

Un valeureux lion, roi d'une immense plaine,
Désirait de la terre une plus grande part,
Et voulait conquérir une forêt prochaine,
        Héritage d'un léopard.
L'attaquer n'était pas chose bien difficile ;
Mais le lion craignait les panthères, les ours
Qui se trouvaient placés juste entre les deux cours.
Voici comment s'y prit notre monarque habile :
Au jeune léopard, sous prétexte d'honneur,
        Il députe un ambassadeur ;
C'était un vieux renard. Admis à l'audience,
Du jeune roi d'abord il vante la prudence,

Son amour pour la paix, sa bonté, sa douceur,
Sa justice et sa bienfaisance :
Puis, au nom du lion, propose une alliance

Pour exterminer tout voisin
Qui méconnaîtra leur puissance.
Le léopard accepte ; et, dès le lendemain,
Nos deux héros sur leurs frontières,
Mangent à qui mieux mieux les ours et les panthères,
Cela fut bientôt fait ; mais, quand les rois amis,
Partageant le pays conquis,
Fixèrent leurs bornes nouvelles,
Il s'éleva quelques querelles :
Le léopard lésé se plaignit du lion ;
Celui-ci montra sa denture
Pour prouver qu'il avait raison :
Bref, on en vint aux coups. La fin de l'aventure

Fut le trépas du léopard :
Il apprit alors, un peu tard,
Que contre les lions les meilleures barrières
Sont les petits États des ours et des panthères.

LIVRE IV

FABLE I

Le Savant et le Fermier

Que j'aime les héros dont je conte l'histoire !
Et qu'à m'occuper d'eux je trouve de douceur !
J'ignore s'ils pourront m'acquérir de la gloire,
Mais je sais qu'ils font mon bonheur.
Avec les animaux je veux passer ma vie ;
Ils sont si bonne compagnie !
Je conviens cependant, et c'est avec douleur,
Que tous n'ont pas le même cœur.
Plusieurs que l'on connaît, sans qu'ici je les nomme,
De nos vices ont bonne part :
Mais je les trouve encor moins dangereux que l'homme,
Et, fripon pour fripon, je préfère un renard.
C'est ainsi que pensait un sage,
Un bon fermier de mon pays.
Depuis quatre-vingts ans, de tout le voisinage
On venait écouter et suivre ses avis.
Chaque mot qu'il disait était une sentence.
Son exemple surtout aidait son éloquence ;
Et, lorsque environné de ses quarante enfants,
Fils, petit-fils, brus, gendres, filles,
Il jugeait les procès ou réglait les familles,
Nul n'eût osé mentir devant ses cheveux blancs.
Je me souviens qu'un jour, dans son champêtre asile,
Il vint un savant de la ville
Qui dit au bon vieillard : Mon père, enseignez-moi
Dans quel auteur, dans quel ouvrage,
Vous apprîtes l'art d'être sage.
Chez quelle nation, à la cour de quel roi,
Avez-vous été, comme Ulysse,
Prendre des leçons de justice ?
Suivez-vous de Zénon la rigoureuse loi ?
Avez-vous embrassé la secte d'Épicure,
Celle de Pythagore, ou du divin Platon ?
— De tous ces messieurs-là je ne sais pas le nom,
Répondit le vieillard : mon livre est la nature ;
Et mon unique précepteur,
C'est mon cœur.
Je vois les animaux, j'y trouve le modèle
Des vertus que je dois chérir :
La colombe m'apprit à devenir fidèle ;
En voyant la fourmi, j'amassai pour jouir ;
Mes bœufs m'enseignent la constance,
Mes brebis la douceur, mes chiens la vigilance ;
Et, si j'avais besoin d'avis
Pour aimer mes filles, mes fils,
La poule et ses poussins me serviraient d'exemple.
Ainsi dans l'univers tout ce que je contemple
M'avertit d'un devoir qu'il m'est doux de remplir.
Je fais souvent du bien pour avoir du plaisir,
J'aime et je suis aimé, mon âme est tendre et pure ;
Et, toujours selon ma mesure,
Ma raison sait régler mes vœux :
J'observe et je suis la nature,
C'est mon secret pour être heureux.

FABLE II

L'Écureuil, le Chien et le Renard

Un gentil écureuil était le camarade,
Le tendre ami d'un beau danois.
Un jour qu'ils voyageaient comme Oreste et Pylade,
La nuit les surprit dans un bois.
En ce lieu point d'auberge; ils eurent de la peine
A trouver où se bien coucher.
Enfin le chien se mit dans le creux d'un vieux chêne,
Et l'écureuil plus haut grimpa pour se nicher.

Vers minuit, c'est l'heure des crimes,
Longtemps après que nos amis,
En se disant bonsoir, se furent endormis,
Voici qu'un vieux renard, affamé de victimes,
Arrive au pied de l'arbre, et, levant le museau,
Voit l'écureuil sur un rameau.
Il le mange des yeux, humecte de sa langue
Ses lèvres, qui de sang brûlent de s'abreuver.
Mais jusqu'à l'écureuil il ne peut arriver;
Il faut donc, par une harangue,
L'engager à descendre; et voici son discours :
Ami, pardonnez, je vous prie,
Si de votre sommeil j'ose troubler le cours;
Mais le pieux transport dont mon âme est remplie
Ne peut se contenir : je suis votre cousin
Germain;
Votre mère était sœur de feu mon digne père.
Cet honnête homme, hélas! à son heure dernière,
M'a tant recommandé de chercher son neveu,
Pour lui donner moitié du peu
Qu'il m'a laissé de bien ! Venez donc, mon cher frère,
Venez, par un embrassement,
Combler le doux plaisir que mon âme ressent.
Si je pouvais monter jusqu'aux lieux où vous êtes,
Oh ! j'y serais déjà, soyez-en bien certain.
Les écureuils ne sont pas bêtes,
Et le mien était fort malin.
Il reconnaît le patelin,

Et répond d'un ton doux : Je meurs d'impatience
De vous embrasser, mon cousin;
Je descends : mais, pour mieux lier la connaissance,
Je veux vous présenter mon plus fidèle ami,
Un parent qui prit soin de nourrir mon enfance ;
Il dort dans ce trou-là : frappez un peu ; je pense
Que vous serez charmé de le connaître aussi.
Aussitôt maître renard frappe,
Croyant en manger deux ; mais le fidèle chien
S'élance de l'arbre, le happe,
Et vous l'étrangle bel et bien.

Ceci prouve deux points : d'abord, qu'il est utile
Dans la douce amitié de placer son bonheur ;
Puis, qu'avec de l'esprit, il est souvent facile
Au piège qu'il nous tend de surprendre un trompeur.

FABLE III

Le Perroquet

Un gros perroquet gris, échappé de sa cage,
Vint s'établir dans un bocage ;
Et là, prenant le ton de nos faux connaisseurs,
Jugeant tout, blâmant tout d'un air de suffisance,
Au chant du rossignol il trouvait des longueurs,
Critiquait surtout sa cadence.
Le linot, selon lui, ne savait pas chanter ;
La fauvette aurait fait quelque chose peut-être,
Si de bonne heure il eût été son maître,
Et qu'elle eût voulu profiter.
Enfin aucun oiseau n'avait l'art de lui plaire :
Et, dès qu'ils commençaient leurs joyeuses chansons,
Par des coups de sifflet répondant à leurs sons,
Le perroquet les faisait taire.
Lassés de tant d'affronts, tous les oiseaux du bois
Viennent lui dire un jour : Mais parlez donc, beau sire,
Vous qui sifflez toujours, faites qu'on vous admire.
Sans doute vous avez une brillante voix,
Daignez chanter pour nous instruire.
Le perroquet, dans l'embarras,
Se gratte un peu la tête, et finit par leur dire :
Messieurs, je siffle bien, mais je ne chante pas.

FABLE IV

L'habit d'Arlequin

Vous connaissez ce quai nommé de la Ferraille,
Où l'on vend des oiseaux, des hommes et des fleurs:
A mes fables souvent c'est là que je travaille ;
J'y vois des animaux, et j'observe leurs mœurs.
Un jour de mardi gras j'étais à la fenêtre
D'un oiseleur de mes amis,
Quand sur le quai je vis paraître
Un petit arlequin leste, bien fait, bien mis,
Qui, la batte à la main, d'une grâce légère,
Courait après un masque en habit de bergère.
Le peuple applaudissait par des ris, par des cris.
Tout près de moi, dans une cage,
Trois oiseaux étrangers de différent plumage,
Perruche, cardinal, serin,
Regardaient aussi l'arlequin.
La perruche disait : J'aime peu son visage,
Mais son charmant habit n'eut jamais son égal ;
Il est d'un si beau vert ! — Vert ! dit le cardinal :
Vous n'y voyez donc pas, ma chère ?
L'habit est rouge assurément ;
Voilà ce qui le rend charmant.
— Oh ! pour celui-là, mon compère,
Répondit le serin, vous n'avez pas raison,
Car l'habit est jaune citron ;
Et c'est ce jaune-là qui fait tout son mérite.
— Il est vert. — Il est jaune. — Il est rouge, morbleu !
Interrompt chacun avec feu ;
Et déjà le trio s'irrite.
Amis, apaisez-vous, leur crie un bon pivert,
L'habit est jaune, rouge et vert.
Cela vous surprend fort ; voici tout le mystère :
Ainsi que bien des gens d'esprit et de savoir,
Mais qui d'un seul côté regardent une affaire,
Chacun de vous ne veut y voir
Que la couleur qui sait lui plaire.

FABLE V

Le Hibou et le Pigeon

Que mon sort est affreux ! s'écriait un hibou :
Vieux, infirme, souffrant, accablé de misère,
Je suis isolé sur la terre,
Et jamais un oiseau n'est venu dans mon trou
Consoler un moment ma douleur solitaire.
Un pigeon entendit ces mots,
Et courut auprès du malade :
Hélas ! mon pauvre camarade,
Lui dit-il, je plains bien vos maux.
Mais je ne comprends pas qu'un hibou de votre âge
Soit sans épouse, sans parents,
Sans enfants ou petits-enfants.
N'avez-vous point serré les nœuds du mariage
Pendant le cours de vos beaux ans ?
Le hibou répondit : Non, vraiment, mon cher frère,
Me marier ! et pourquoi faire ?
J'en connaissais trop le danger.
Vouliez-vous que je prisse une jeune chouette
Bien étourdie et bien coquette,
Qui me trahit sans cesse ou me fit enrager ;
Qui me donnât des fils d'un méchant caractère,
Ingrats, menteurs, mauvais sujets,
Désirant en secret le trépas de leur père ?
Car c'est ainsi qu'ils sont tous faits.
Pour des parents, je n'en ai guère,
Et ne les vis jamais : ils sont durs, exigeants,
Pour le moindre sujet s'irritent,
N'aiment que ceux dont ils héritent ;
Encor ne faut-il pas qu'ils attendent longtemps.
Tout frère ou tout cousin nous déteste et nous pille.
— Je ne suis pas de votre avis,
Répondit le pigeon. Mais parlons des amis ;
Des orphelins c'est la famille :
Vous avez dû près d'eux trouver quelques douceurs.
— Les amis ! ils sont tous trompeurs.
J'ai connu deux hiboux qui tendrement s'aimèrent
Pendant quinze ans, et, certain jour,
Pour une souris s'égorgèrent.
Je crois à l'amitié moins encor qu'à l'amour.
— Mais ainsi, Dieu me le pardonne !
Vous n'avez donc aimé personne ?
— Ma foi non, soit dit entre nous.
— En ce cas-là, mon cher, de quoi vous plaignez-vous ?

FABLE VI

La Vipère et la Sangsue

La vipère disait un jour à la sangsue :
Que notre sort est différent !
On vous cherche, on me fuit : si l'on peut, on me tue ;
Et vous, aussitôt qu'on vous prend,
Loin de craindre votre blessure,
L'homme vous donne de son sang
Une ample et bonne nourriture :
Cependant vous et moi faisons même piqûre.
La citoyenne de l'étang
Répond : Oh ! que nenni, ma chère ;

La vôtre fait du mal, la mienne est salutaire.
Par moi plus d'un malade obtient sa guérison.
Par vous tout homme sain trouve une mort cruelle.
Entre nous deux, je crois, la différence est belle :
Je suis remède, et vous poison.

Cette fable aisément s'explique :
C'est la satire et la critique.

FABLE VII

Le Pacha et le Dervis

Un Arabe, à Marseille, autrefois m'a conté
Qu'un pacha turc dans sa patrie
Vint porter certain jour un coffret cacheté
Au plus sage dervis qui fût en Arabie.
Ce coffret, lui dit-il, renferme des rubis,
Des diamants d'un très grand prix :
C'est un présent que je veux faire
A l'homme que tu jugeras
Être le plus fou de la terre.
Cherche bien, tu le trouveras.
Muni de son coffret, notre bon solitaire
S'en va courir le monde. Avait-il donc besoin
D'aller loin ?
L'embarras de choisir était sa grande affaire :
Des fous toujours plus fous venaient de toutes parts
Se présenter à ses regards.
Notre pauvre dépositaire
Pour l'offrir à chacun saisissait le coffret :
Mais un pressentiment secret
Lui conseillait de n'en rien faire,
L'assurait qu'il trouverait mieux.
Errant ainsi de lieux en lieux,
Embarrassé de son message,
Enfin, après un long voyage,
Notre homme et le coffret arrivent un matin
Dans la ville de Constantin.
Il trouve tout le peuple en joie :
Que s'est-il donc passé ? Rien, lui dit un iman ;
C'est notre grand vizir que le sultan envoie,
Au moyen d'un lacet de soie,
Porter au prophète un firman.
Le peuple rit toujours de ces sortes d'affaires ;
Et, comme ce sont des misères,
Notre empereur souvent lui donne ce plaisir.
— Souvent ? — Oui. — C'est fort bien. Votre nouveau vizir
Est-il nommé ? — Sans doute, et le voilà qui passe.
Le dervis, à ces mots, court, traverse la place,
Arrive, et reconnait le pacha son ami.
Bon ! te voilà ! dit celui-ci :
Et le coffret ? — Seigneur, j'ai parcouru l'Asie :
J'ai vu des fous parfaits, mais sans oser choisir.
Aujourd'hui ma course est finie ;
Daignez l'accepter, grand vizir.

FABLE VIII

Le Laboureur de Castille

Le plus aimé des rois est toujours le plus fort.
En vain la fortune l'accable ;
En vain mille ennemis, ligués avec le sort,
Semblent lui présager sa perte inévitable :
L'amour de ses sujets, colonne inébranlable,
Rend inutile leur effort.

Le petit-fils d'un roi, grand par son malheur même,
Philippe, sans argent, sans troupes, sans crédit,
Chassé par l'Anglais de Madrid,
Croyait perdu son diadème.
Il fuyait presque seul, déplorant son malheur :
Tout à coup à ses yeux s'offre un vieux laboureur,
Homme franc, simple et droit, aimant plus que sa vie
Ses enfants et son roi, sa femme et sa patrie,
Parlant peu de vertu, la pratiquant beaucoup,
Riche, et pourtant aimé, cité dans les Castilles
Comme l'exemple des familles.
Son habit, filé par ses filles,
Était ceint d'une peau de loup.
Sous un large chapeau, sa tête bien à l'aise
Faisait voir des yeux vifs et des traits basanés,
Et ses moustaches de son nez
Descendaient jusque sur sa fraise.
Douze fils le suivaient, tous grands, beaux, vigoureux.
Un mulet chargé d'or était au milieu d'eux.
Cet homme, dans cet équipage,
Devant le roi s'arrête, et lui dit : Où vas-tu ?
Un revers t'a-t-il abattu ?
Vainement l'archiduc a sur toi l'avantage ;
C'est toi qui régneras, car c'est toi qu'on chérit.
Qu'importe qu'on t'ait pris Madrid ?
Notre amour t'est resté, nos corps sont tes murailles ;
Nous périrons pour toi dans les champs de l'honneur.
Le hasard gagne les batailles ;
Mais il faut des vertus pour gagner notre cœur.
Tu l'as, tu régneras. Notre argent, notre vie,
Tout est à toi, prends tout. Grâces à quarante ans
De travail et d'économie,
Je peux t'offrir cet or. Voici mes douze enfants,
Voilà douze soldats : malgré mes cheveux blancs,
Je ferai le treizième ; et, la guerre finie,
Lorsque tes généraux, tes officiers, tes grands,
Viendront te demander, pour prix de leur service,
Des biens, des honneurs, des rubans,
Nous ne demanderons que repos et justice !
C'est tout ce qu'il nous faut. Nous autres pauvres gens,
Nous fournissons au roi du sang et des richesses ;
Mais, loin de briguer ses largesses,
Moins il donne et plus nous l'aimons.
Quand tu seras heureux, nous fuirons ta présence,
Nous te bénirons en silence :
On t'a vaincu, nous te cherchons.
Il dit, tombe à genoux. D'une main paternelle
Philippe le relève en poussant des sanglots ;
Il presse dans ses bras ce sujet si fidèle,
Veut parler, et les pleurs interrompent ses mots.
Bientôt, selon la prophétie
Du bon vieillard, Philippe fut vainqueur,
Et sur le trône d'Ibérie
N'oublia point le laboureur.

FABLE IX

La Fauvette et le Rossignol

Une fauvette, dont la voix
Enchantait les échos par sa douceur extrême,
Espéra surpasser le rossignol lui-même,
Et lui fit un défi. L'on choisit dans le bois
Un lieu propre au combat : les juges se placèrent ;
C'étaient le linot, le serin,
Le rouge-gorge et le tarin.
Tous les autres oiseaux derrière eux se perchèrent.
Deux vieux chardonnerets et deux jeunes pinsons
Furent gardes du camp ; le merle était trompette,
Il donne le signal. Aussitôt la fauvette
Fait entendre les plus doux sons ;
Avec adresse elle varie
De ses accents filés la touchante harmonie,

Et ravit tous les cœurs par ses tendres chansons.
L'assemblée applaudit. Bientôt on fait silence ;
Alors le rossignol commence :
Trois accords purs, égaux, brillants,
Que termine une juste et parfaite cadence,
Sont le prélude de ses chants.
Ensuite son gosier flexible,
Parcourant sans efforts tous les tons de sa voix,
Tantôt vif et pressé, tantôt lent et sensible,
Étonne et ravit à la fois.
Les juges cependant demeuraient en balance ;
Le linot, le serin, de la fauvette amis,
Ne voulaient point donner de prix ;
Les autres disputaient. L'assemblée en silence
Écoutait leurs doctes avis,
Lorsqu'un geai s'écria : Victoire à la fauvette !
Ce mot décida sa défaite :
Pour le rossignol aussitôt
L'aéropage ailé tout d'une voix s'explique.

Ainsi le suffrage d'un sot
Fait plus de mal que sa critique.

FABLE X

L'Avare et son Fils

Par je ne sais quelle aventure,
Un avare, un beau jour voulant se bien traiter,
Au marché courut acheter
Des pommes pour sa nourriture.
Dans son armoire il les porta,
Les compta, rangea, recompta,
Ferma les doubles tours de sa double serrure,
Et chaque jour les visita.
Ce malheureux, dans sa folie,
Les bonnes pommes ménageait ;
Mais, lorsqu'il en trouvait quelqu'une de pourrie,
En soupirant il la mangeait.
Son fils, jeune écolier, faisant fort maigre chère,
Découvrit à la fin les pommes de son père.
Il attrape les clefs, et va dans ce réduit,
Suivi de deux amis d'excellent appétit.
Or vous pouvez juger le dégât qu'ils y firent,
Et combien de pommes périrent !
L'avare arrive en ce moment,
De douleur, d'effroi palpitant :
Mes pommes, criait-il, coquins, il faut les rendre,
Ou je vais tous vous faire pendre.
— Mon père, dit le fils, calmez-vous, s'il vous plaît ;
Nous sommes d'honnêtes personnes :
Et quel tort vous avons-nous fait ?
Nous n'avons mangé que les bonnes.

FABLE XI

Le Courtisan et le dieu Protée

On en veut trop aux courtisans ;
On va criant partout qu'à l'État inutiles,
Pour leur seul intérêt ils se montrent habiles.
Ce sont discours de médisants.

J'ai lu, je ne sais où, qu'autrefois en Syrie
Ce fut un courtisan qui sauva sa patrie.
Voici comment. Dans le pays
La peste avait été portée,
Et ne devait cesser que quand le dieu Protée
Dirait là-dessus son avis.
Ce dieu, comme l'on sait, n'est pas facile à vivre :
Pour le faire parler il faut longtemps le suivre,
Près de son antre l'épier,
Le surprendre et puis le lier,
Malgré la figure effrayante
Qu'il prend et quitte à volonté.
Certain vieux courtisan, par le roi député,
Devant le dieu marin tout à coup se présente.

Celui-ci, surpris, irrité,
Se change en noir serpent : sa gueule empoisonnée
Lance et retire un dard messager du trépas,
Tandis que dans sa marche oblique et détournée,
Il glisse sur lui-même et d'un pli fait un pas.
Le courtisan sourit : je connais cette allure,
Dit-il, et mieux que toi je sais mordre et ramper.
Il court alors pour l'attraper :
Mais le dieu change de figure,
Il devient tour à tour, loup, singe, lynx, renard.
Tu veux me vaincre dans mon art,
Disait le courtisan : mais, depuis mon enfance,
Plus que ces animaux avide, adroit, rusé,
Chacun de ces tours-là pour moi se trouve usé.
Changer d'habits, de mœurs, même de conscience,
Je ne vois rien là que d'aisé.
Lors il saisit le dieu, le lie,
Arrache son oracle, et retourne vainqueur.

Ce trait nous prouve, ami lecteur,
Combien un courtisan peut servir la patrie.

FABLE XII

La Guenon, le Singe et la noix

Une jeune guenon cueillit
Une noix dans sa coque verte ;
Elle y porte la dent, fait la grimace... Ah ! certe,
Dit-elle, ma mère mentit
Quand elle m'assura que les noix étaient bonnes.
Puis, croyez aux discours de ces vieilles personnes
Qui trompent la jeunesse ! Au diable soit le fruit !
Elle jette la noix. Un singe la ramasse,
Vite entre deux cailloux la casse,
L'épluche, la mange, et lui dit :
Votre mère eut raison, ma mie,
Les noix ont fort bon goût ; mais il faut les ouvrir.
Souvenez-vous que, dans la vie,
Sans un peu de travail on n'a pas de plaisir.

FABLE XIII

Le Lapin et la Sarcelle

Unis dès leurs jeunes ans
D'une amitié fraternelle,
Un lapin, une sarcelle,
Vivaient heureux et contents.

Le terrier du lapin était sur la lisière
D'un parc bordé d'une rivière.
Soir et matin nos bons amis,
Profitant de ce voisinage,
Tantôt au bord de l'eau, tantôt sous le feuillage,
L'un chez l'autre étaient réunis.
Là, prenant leurs repas, se contant des nouvelles,
Ils n'en trouvaient point de si belles
Que de se répéter qu'ils s'aimeraient toujours.
Ce sujet revenait sans cesse en leurs discours.
Tout était en commun, plaisir, chagrin, souffrance;
Ce qui manquait à l'un, l'autre le regrettait ;
Si l'un avait du mal, son ami le sentait:
Si d'un bien au contraire il goûtait l'espérance,
Tous deux en jouissaient d'avance.
Tel était leur destin, lorsqu'un jour, jour affreux !
Le lapin, pour diner venant chez la sarcelle,
Ne la retrouve plus : inquiet, il l'appelle ;
Personne ne répond à ses cris douloureux.
Le lapin, de frayeur l'âme toute saisie,
Va, vient, fait mille tours, cherche dans les roseaux,
S'incline par-dessus les flots,
Et voudrait s'y plonger pour trouver son amie.
Hélas ! s'écriait-il, m'entends-tu ? réponds-moi,
Ma sœur, ma compagne chérie,
Ne prolonge pas mon effroi :
Encor quelques moments, c'en est fait de ma vie :
J'aime mieux expirer que de trembler pour toi.
Disant ces mots, il court, il pleure,
Et, s'avançant le long de l'eau,
Arrive enfin près du château
Où le seigneur du lieu demeure.
Là, notre désolé lapin
Se trouve au milieu d'un parterre,
Et voit une grande volière

Où mille oiseaux divers volaient sur un bassin.
L'amitié donne du courage.
Notre ami, sans rien craindre, approche du grillage,
Regarde, et reconnaît... ô tendresse ! ô bonheur !
La sarcelle : aussitôt il pousse un cri de joie ;
Et, sans perdre de temps à consoler sa sœur,
De ses quatre pieds il s'emploie
A creuser un secret chemin
Pour joindre son amie, et, par ce souterrain,
Le lapin tout à coup entre dans la volière,
Comme un mineur qui prend une place de guerre.
Les oiseaux effrayés se pressent en fuyant.
Lui court à la sarcelle ; il l'entraîne à l'instant
Dans son obscur sentier, la conduit sous la terre,
Et, la rendant au jour, il est prêt à mourir
De plaisir.
Quel moment pour tous deux ! Que ne sais-je le peindre
Comme je saurais le sentir !
Nos bons amis croyaient n'avoir plus rien à craindre ;
Ils n'étaient pas au bout. Le maître du jardin,
En voyant le dégât commis dans sa volière,
Jure d'exterminer jusqu'au dernier lapin :
Mes fusils, mes furets ! criait-il en colère.
Aussitôt fusils et furets
Sont tout prêts.
Les gardes et les chiens vont dans les jeunes tailles,
Fouillant les terriers, les broussailles ;
Tout lapin qui paraît trouve un affreux trépas :
Les rivages du Styx sont bordés de leurs mânes :
Dans le funeste jour de Cannes,
On mit moins de Romains à bas.
La nuit vient ; tant de sang n'a point éteint la rage
Du seigneur, qui remet au lendemain matin
La fin de l'horrible carnage.
Pendant ce temps, notre lapin,
Tapi sous des roseaux auprès de la sarcelle,
Attendait en tremblant la mort,
Mais conjurait sa sœur de fuir à l'autre bord,
Pour ne pas mourir devant elle.
Je ne te quitte point, lui répondait l'oiseau ;
Nous séparer, serait la mort la plus cruelle.
Ah ! si tu pouvais passer l'eau !
Pourquoi pas ? Attends-moi. La sarcelle le quitte,
Et revient, traînant un vieux nid
Laissé par des canards ; elle l'emplit bien vite
De feuilles de roseaux, les presse, les unit
Des pieds, du bec, en forme un batelet capable
De supporter un lourd fardeau ;
Puis elle attache à ce vaisseau
Un brin de jonc qui servira de câble.

Cela fait, et le bâtiment
Mis à l'eau, le lapin entre tout doucement
Dans le léger esquif, s'assied sur son derrière,
Tandis que devant lui la sarcelle nageant
Tire le brin de jonc, et s'en va dirigeant
Cette nef à son cœur si chère.
On aborde, on débarque, et jugez du plaisir !
Non loin du port on va choisir
Un asile où, coulant des jours dignes d'envie,
Nos bons amis, libres, heureux,
Aimèrent d'autant plus la vie,
Qu'ils se la devaient tous les deux.

FABLE XIV

Pan et la Fortune

Un jeune grand seigneur à des jeux de hasard
Avait perdu sa dernière pistole,
Et puis joué sur sa parole ;
Il fallait payer sans retard :
Les dettes du jeu sont sacrées.
On peut faire attendre un marchand
Un ouvrier, un indigent
Qui nous a fourni ses denrées ;
Mais un escroc? l'honneur veut qu'au même moment
On le paie, et très poliment.
La loi par eux fut ainsi faite.
Notre jeune seigneur, pour acquitter sa dette,
Ordonne une coupe de bois.
Aussitôt les ormes, les frênes,
Et les hêtres touffus, et les antiques chênes,
Tombent l'un sur l'autre à la fois.
Les faunes, les sylvains, désertent les bocages ;
Les dryades en pleurs regrettent leurs ombrages,
Et le dieu Pan, dans sa fureur,
Instruit que le jeu seul a causé ses ravages,
S'en prend à la Fortune : O mère du malheur !
Dit-il, infernale furie !
Tu troubles à la fois les mortels et les dieux,
Tu te plais dans le mal, et ta rage ennemie....
Il parlait, lorsque dans ces lieux
Tout à coup paraît la déesse.
Calme, dit-elle à Pan, le chagrin qui te presse ;
Je n'ai point causé tes malheurs :
Même aux jeux de hasard, avec certains joueurs,
Je ne fais rien. — Qui donc fait tout ? — L'adresse.

FABLE XV

Le Philosophe et le Chat-huant

Persécuté, proscrit, chassé de son asile,
Pour avoir appelé les choses par leur nom,
Un pauvre philosophe errait de ville en ville,
Emportant avec lui tous ses biens, sa raison.
Un jour qu'il méditait sur le fruit de ses veilles,
C'était dans un grand bois, il voit un chat-huant
Entouré de geais, de corneilles,
Qui le harcelaient en criant :
C'est un coquin, c'est un impie,
Un ennemi de la patrie,
Il faut le plumer vif : oui, oui, plumons, plumons,
Ensuite nous le jugerons.
Et tous fondaient sur lui ; la malheureuse bête,
Tournant et retournant sa bonne et grosse tête,
Leur disait, mais en vain, d'excellentes raisons.
Touché de son malheur, car la philosophie
Nous rend plus doux et plus humains,
Notre sage fait fuir la cohorte ennemie,
Puis dit au chat-huant : Pourquoi ces assassins
En voulaient-ils à votre vie ?
Que leur avez-vous fait ? L'oiseau lui répondit :
Rien du tout, mon seul crime est d'y voir clair la nuit.

FABLE XVI

Les deux Chauves

Un jour deux chauves dans un coin
Virent briller certain morceau d'ivoire.
Chacun d'eux veut l'avoir ; dispute et coups de poing.
Le vainqueur y perdit, comme vous pouvez croire,
Le peu de cheveux gris qui lui restaient encor.
Un peigne était le beau trésor
Qu'il eut pour prix de sa victoire.

FABLE XVII

Le Chat et les Rats

Un angora, que sa maîtresse
Nourrissait de mets délicats,
Ne faisait plus la guerre aux rats ;
Et les rats, connaissant sa bonté, sa paresse,
Allaient, trottaient partout, et ne se gênaient pas.
Un jour, dans un grenier retiré, solitaire,
Où notre chat dormait après un bon festin,
Plusieurs rats viennent dans le grain
Prendre leur repas ordinaire.
L'angora ne bougeait. Alors mes étourdis
Pensent qu'ils lui font peur ; l'orateur de la troupe
Parle des chats avec mépris.
On applaudit fort, on s'attroupe,
On le proclame général.
Grimpé sur un boisseau qui sert de tribunal :
Braves amis, dit-il, courons à la vengeance.
De ce grain désormais nous devons être las,
Jurons de ne manger désormais que des chats ;
On les dit excellents, nous en ferons bombance.
A ces mots, partageant son belliqueux transport,
Chaque nouveau guerrier sur l'angora s'élance,
Et réveille le chat qui dort.
Celui-ci, comme on croit, dans sa juste colère,
Couche bientôt sur la poussière
Général, tribuns et soldats.
Il ne s'échappa que deux rats
Qui disaient, en fuyant bien vite à leur tanière :
Il ne faut point pousser à bout
L'ennemi le plus débonnaire :
On perd ce que l'on tient, quand on veut gagner tout.

FABLE XVIII

Le Miroir de la Vérité

Dans le beau siècle d'or, quand les premiers humains,
Au milieu d'une paix profonde,
Coulaient des jours purs et sereins,
La Vérité courait le monde,
Avec son miroir dans les mains.
Chacun s'y regardait, et le miroir sincère
Retraçait à chacun son plus secret désir
Sans jamais le faire rougir.
Temps heureux, qui ne dura guère !
L'homme devint bientôt méchant et criminel.
La Vérité s'enfuit au ciel
En jetant de dépit son miroir sur la terre.
Le pauvre miroir se cassa.
Ses débris, qu'au hasard la chute dispersa,
Furent perdus pour le vulgaire.
Plusieurs siècles après on en connut le prix ;
Et c'est depuis ce temps que l'on voit plus d'un sage
Chercher avec soin ces débris,
Les retrouver parfois ; mais ils sont si petits,
Que personne n'en fait usage.
Hélas ! le sage le premier
Ne s'y voit jamais tout entier.

FABLE XIX

Les deux Paysans et le Nuage

GUILLOT, disait un jour Lucas
D'une voix triste et lamentable,
Ne vois-tu pas venir là-bas
Ce gros nuage noir ? C'est la marque effroyable
Du plus grand des malheurs. — Pourquoi ? répond Guillot.
— Pourquoi ? regarde donc ; ou je ne suis qu'un sot,
Ou ce nuage est de la grêle
Qui va tout abîmer, vigne, avoine, froment ;
Toute la récolte nouvelle
Sera détruite en un moment.
Il ne restera rien, le village en ruine
Dans trois mois aura la famine ;
Puis la peste viendra, puis nous périrons tous.
— La peste ! dit Guillot : doucement, calmez-vous ;

Je ne vois point cela, compère :
Et, s'il faut vous parler selon mon sentiment,
C'est que je vois tout le contraire ;
Car ce nuage assurément
Ne porte point de grêle, il porte de la pluie.
La terre est sèche dès longtemps,
Il va bien arroser nos champs ;
Toute notre récolte en doit être embellie.
Nous aurons le double de foin,
Moitié plus de froment, de raisins abondance ;
Nous serons tous dans l'opulence,
Et rien, hors les tonneaux, ne nous fera besoin.
— C'est bien voir que cela ! dit Lucas en colère.
— Mais chacun a ses yeux, lui répondit Guillot.
— Oh ! puisqu'il est ainsi, je ne dirai plus mot ;
Attendons la fin de l'affaire :
Rira bien qui rira le dernier. — Dieu merci,
Ce n'est pas moi qui pleure ici.
Ils s'échauffaient tous deux ; déjà, dans leur furie,
Ils allaient se gourmer, lorsqu'un souffle de vent
Emporta loin de là le nuage effrayant :
Ils n'eurent ni grêle ni pluie.

FABLE XX

Don Quichotte

Contraint de renoncer à la chevalerie,
Don Quichotte voulut, pour se dédommager,
Mener une plus douce vie,
Et choisit l'état de berger.
Le voilà donc qui prend panetière et houlette,
Le petit chapeau rond garni d'un ruban vert
Sous le menton faisant rosette.
Jugez de la grâce et de l'air
De ce nouveau Tircis ! Sur sa rauque musette
Il s'essaye à charmer l'écho de ces cantons,
Achète au boucher deux moutons,
Prend un roquet galeux, et, dans cet équipage,
Par l'hiver le plus froid qu'on eût vu de longtemps,
Dispersant son troupeau sur les rives du Tage,
Au milieu de la neige il chante le printemps.
Point de mal jusque-là : chacun, à sa manière,
Est libre d'avoir du plaisir.
Mais il vint à passer une grosse vachère ;
Et le pasteur, pressé d'un amoureux désir,
Court et tombe à ses pieds : O belle Timarette,
Dit-il, toi que l'on voit parmi tes jeunes sœurs
Comme le lis parmi les fleurs,
Cher et cruel objet de ma flamme secrète,
Abandonne un moment le soin de tes agneaux,
Viens voir un nid de tourtereaux
Que j'ai découvert sur ce chêne.
Je veux te le donner : hélas ! c'est tout mon bien.
Ils sont blancs : leur couleur, Timarette, est la tienne ;
Mais, par malheur pour moi, leur cœur n'est pas le tien.
A ce discours, la Timarette,
Dont le vrai nom était Fanchon,
Ouvre une large bouche, et, d'un œil fixe et bête,
Contemple le vieux Céladon,
Quand un valet de ferme, amoureux de la belle,
Paraissant tout à coup, tombe à coups de bâton
Sur le berger tendre et fidèle,
Et vous l'étend sur le gazon.
Don Quichotte criait : Arrête,
Pasteur ignorant et brutal ;
Ne sais-tu pas nos lois ? le cœur de Timarette
Doit devenir le prix d'un combat pastoral ;
Chante et ne frappe pas. Vainement il l'implore.
L'autre frappait toujours, et frapperait encore,
Si l'on n'était venu secourir le berger
Et l'arracher à sa furie.

Ainsi, guérir d'une folie,
Bien souvent ce n'est qu'en changer.

FABLE XXI

Le Voyage

Partir avant le jour, à tâtons, sans voir goutte,
Sans songer seulement à demander sa route,
Aller de chute en chute, et, se traînant ainsi,
Faire un tiers du chemin jusqu'à près de midi ;
Voir sur sa tête alors amasser les nuages,
Dans un sable mouvant précipiter ses pas,
Courir, en essuyant orages sur orages,
Vers un but incertain où l'on n'arrive pas ;
Détrompé vers le soir, chercher une retraite,
Arriver haletant, se coucher, s'endormir :
On appelle cela naître, vivre et mourir.
La volonté de Dieu soit faite !

FABLE XXII

Le Coq fanfaron

Il fait bon battre un glorieux :
Des revers qu'il éprouve il est toujours joyeux ;
Toujours sa vanité trouve dans sa défaite
Un moyen d'être satisfaite.

Un coq, sans force et sans talent,
Jouissait, on ne sait comment,
D'une certaine renommée.
Cela se voit, dit-on, chez la gent emplumée,
Et chez d'autres encore. Insolent comme un sot,
Notre coq traita mal un poulet de mérite.
La jeunesse aisément s'irrite ;
Le poulet offensé le provoque aussitôt,
Et le cou tout gonflé sur lui se précipite.
Dans l'instant le coq orgueilleux
Est battu, déplumé, reçoit mainte blessure ;
Et, si l'on n'eût fini ce combat dangereux,
Sa mort terminait l'aventure.
Quand le poulet fut loin, le coq, en s'épluchant,
Disait : Cet enfant-là m'a montré du courage ;
J'ai beaucoup ménagé son âge,

Mais de lui je suis fort content.
Un coq, vieux et cassé, témoin de cette histoire,
La répandit et s'en moqua.
Notre fanfaron l'attaqua,
Croyant facilement remporter la victoire.
Le brave vétéran, de lui trop mal connu,
En quatre coups de bec lui partage la crête,
Le dépouille en entier des pieds jusqu'à la tête,
Et le laisse là presque nu.
Alors notre coq, sans se plaindre,
Dit : C'est un bon vieillard ; j'en ai bien peu souffert,
Mais je le trouve encore vert ;
Et, dans son jeune temps, il devait être à craindre.

LIVRE
V

FABLE I

Le Berger et le Rossignol

A M. l'abbé DELILLE

O TOI, dont la sublime et touchante harmonie
Charme toujours l'oreille en attachant le cœur !
Digne rival, souvent vainqueur
Du chantre fameux d'Ausonie,
Delille, ne crains rien ; sur mes légers pipeaux
Je ne viens point ici célébrer tes travaux,
Ni dans de faibles vers parler de poésie.
Je sais que l'immortalité,
Qui t'est déjà promise au temple de Mémoire,
T'est moins chère que ta gaîté ;
Je sais que, méritant tes succès sans y croire,
Content par caractère et non par vanité,
Tu te fais pardonner ta gloire
A force d'amabilité ;
C'est ton secret : aussi, je finis ce prologue.
Mais du moins lis mon apologue.
Et si quelque envieux, quelque esprit de travers,
Outrageant un jour tes beaux vers,

Te donne assez d'humeur pour t'empêcher d'écrire,
Je te demande alors de vouloir le relire.
Dans une belle nuit du charmant mois de mai,
Un berger contemplait, du haut d'une colline,
La lune promenant sa lumière argentine
Au milieu d'un ciel pur d'étoiles parsemé,
Le tilleul odorant, le lilas, l'aubépine,
Au gré du doux zéphir balançant leurs rameaux,
Et les ruisseaux dans les prairies
Brisant sur des rives fleuries
Le cristal de leurs claires eaux.
Un rossignol dans le bocage
Mêlait ses doux accents à ce calme enchanteur :
L'écho les répétait, et notre heureux pasteur,
Transporté de plaisir, écoutait son ramage.
Mais tout à coup l'oiseau finit ses tendres sons.
En vain le berger le supplie
De continuer ses chansons.
Non, dit le rossignol, c'en est fait pour la vie ;
Je ne troublerai plus ces paisibles forêts.
N'entends-tu pas dans ce marais
Mille grenouilles croassantes,
Qui par des cris affreux insultent à mes chants ?
Je cède, et reconnais que mes faibles accents
Ne peuvent l'emporter sur leurs voix glapissantes.
Ami, dit le berger, tu vas combler leurs vœux :
Te taire est le moyen qu'on les écoute mieux ;
Je ne les entends plus aussitôt que tu chantes.

FABLE II

Les deux Lions

Sur les bords africains, aux lieux inhabités,
Où le char du soleil roule en brûlant la terre,
Deux énormes lions de la soif tourmentés,
Arrivèrent au pied d'un désert solitaire.
Un filet d'eau coulait, faible et dernier effort
De quelque Naïade expirante.
Les deux lions coururent d'abord
Au bruit de cette eau murmurante.
Ils pouvaient boire ensemble ; et la fraternité,
Le besoin, leur donnaient ce conseil salutaire :
Mais l'orgueil disait le contraire,
Et l'orgueil fut seul écouté.
Chacun veut boire seul : d'un œil plein de colère
L'un l'autre ils vont se mesurant,
Hérissent de leur cou l'ondoyante crinière ;
De leur terrible queue ils se frappent les flancs,
Et s'attaquent avec de tels rugissements,
Qu'à ce bruit, dans le fond de leur sombre tanière,
Les tigres d'alentour vont se cacher tremblants.

Égaux en vigueur, en courage,
Le combat fut plus long qu'aucun de ces combats
Qui d'Achille ou d'Hector signalèrent la rage :
Car les dieux ne s'en mêlaient pas.
Après une heure ou deux d'efforts et de morsures,
Nos héros fatigués, déchirés, haletants,
S'arrêtent en même temps.
Couverts de sang et de blessures,
N'en pouvant plus, morts à demi,
Se traînant sur le sable à la source ils vont boire :
Mais, pendant le combat, la source avait tari.
Ils expirent auprès.
Vous lisez votre histoire,
Malheureux insensés, dont les divisions,
L'orgueil, les fureurs, la folie,
Consument en douleurs le moment de la vie.
Hommes, vous êtes ces lions ;
Vos jours, c'est l'eau qui s'est tarie.

FABLE III

Le Procès des deux Renards

Que je hais cet art de pédant,
Cette logique captieuse,
Qui d'une chose claire en fait une douteuse,

D'un principe erroné tire subtilement
Une conséquence trompeuse,
Et raisonne en déraisonnant !
Les Grecs ont inventé cette belle manière :
Ils ont fait plus de mal qu'ils ne croyaient en faire.
Que Dieu leur donne paix ! Il s'agit d'un renard,
Grand argumentateur, célèbre babillard,
Et qui montrait la rhétorique.
Il tenait école publique,
Avait des écoliers qui payaient en poulets.
Un d'eux, qu'on destinait à plaider au palais,
Devait payer son maître à la première cause
Qu'il gagnerait : ainsi la chose
Avait été réglée et d'une et d'autre part.
Son cours étant fini, mon écolier renard
Intente un procès à son maître,
Disant qu'il ne doit rien. Devant le léopard
Tous les deux s'en vont comparaître.
Monseigneur, disait l'écolier,
Si je gagne, c'est clair, je ne dois rien payer ;
Et cela par votre sentence,
Puisque par la sentence,
J'aurai droit de ne pas payer.
Si je perds, nulle est sa créance ;
Car il convient que l'échéance
N'en devait arriver qu'après
Le gain de mon premier procès :

Or, ce procès perdu, je suis quitte, je pense :
Mon dilemme est certain. Nenni,
Répondait aussitôt le maître,
Si vous perdez, payez ; la loi l'ordonne ainsi.
Si vous gagnez, sans plus remettre,
Payez ; car vous avez signé
Promesse de payer au premier plaid gagné :
Vous y voilà. Je crois l'argument sans réponse.
Chacun attend alors que le juge prononce,
Et l'auditoire s'étonnait
Qu'il n'y jetât pas son bonnet.
Le léopard rêveur prit enfin la parole :
Hors de cour, leur dit-il ; défense à l'écolier
De continuer son métier,
Au maître de tenir école.

FABLE IV

La Colombe et son Nourrisson

Une colombe gémissait
De ne pouvoir devenir mère :
Elle avait fait cent fois tout ce qu'il fallait faire
Pour en venir à bout, rien ne réussissait.
Un jour se promenant dans un bois solitaire,
Elle rencontre en un vieux nid
Un œuf abandonné, point tros gros, point petit,
Semblable aux œufs de tourterelle.
Ah ! quel bonheur, s'écria-t-elle,
Je pourrai donc enfin couver,
Et puis nourrir, puis élever
Un enfant qui fera le charme de ma vie !
Tous les soins qu'il me coûtera,
Les tourments qu'il me causera,
Seront encor des biens pour mon âme ravie :
Quel plaisir vaut ces soucis-là.
Cela dit, dans le nid la colombe établie
Se met à couver l'œuf, et le couve si bien,
Qu'elle ne le quitte pour rien,
Pas même pour manger ; l'amour nourrit les mères.
Après vingt et un jours, elle voit naître enfin
Celui dont elle attend son bonheur, son destin
Et ses délices les plus chères :
De joie elle est prête à mourir.
Auprès de son petit nuit et jour elle veille,
L'écoute respirer, le regarde dormir,
S'épuise pour le mieux nourrir.
L'enfant chéri vient à merveille,
Son corps grossit en peu de temps,
Mais son bec, ses yeux et ses ailes
Diffèrent fort des tourterelles :
La mère les voit ressemblants.
A bien élever sa jeunesse
Elle met tous ses soins, lui prêche la sagesse,
Et surtout l'amitié ; lui dit à chaque instant :
Pour être heureux, mon cher enfant,
Il ne faut que deux points, la paix avec soi-même,
Puis quelques bons amis dignes de nous chérir.
Et le secret pour qu'on nous aime,
C'est d'aimer les premiers, facile et doux plaisir.
Ainsi parlait la tourterelle,
Quand, au milieu de sa leçon,
Un malheureux petit pinson
Échappé de son nid, vient s'abattre auprès d'elle.
Le jeune nourrisson à peine l'aperçoit
Qu'il court à lui : sa mère croit
Que c'est pour le traiter comme ami, comme frère,
Et pour offrir au voyageur
Une retraite hospitalière.
Elle applaudit déjà ; mais quelle est sa douleur,
Lorsqu'elle voit son fils, ce fils dont la jeunesse
N'entendit que leçons de vertu, de sagesse,
Saisir le faible oiseau, le plumer, le manger,
Et garder, au milieu de l'horrible carnage,
Ce tranquille sang-froid, assuré témoignage
Que le cœur désormais ne peut se corriger !
Elle en mourut la pauvre mère.
Quel triste prix des soins donnés à cet enfant
Mais c'était le fils d'un milan.
Rien ne change le caractère.

FABLE V

L'Ane et la Flûte

Les sots sont un peuple nombreux,
Trouvant toutes choses faciles :
Il faut le leur passer, souvent ils sont heureux ;
Grand motif de se croire habiles.

Un âne, en broutant ses chardons,
Regardait un pasteur jouant sous le feuillage,
D'une flûte dont les doux sons
Attiraient et charmaient les bergers du bocage.
Cet âne mécontent disait : Ce monde est fou ?
Les voilà tous, bouche béante,
Admirant un grand sot qui sue et se tourmente
A souffler dans un petit trou.
C'est par de tels efforts qu'on parvient à leur plaire,
Tandis que moi... suffit... Allons-nous en d'ici,
Car je me sens trop en colère.
Notre âne en raisonnant ainsi,
Avance quelques pas, lorsque sur la fougère,
Une flûte, oubliée en ces champêtres lieux
Par quelque pasteur amoureux,
Se trouve sous ses pieds. Notre âne se redresse,
Sur elle de côté fixe ses deux gros yeux,
Une oreille en avant, lentement il se baisse,
Applique son naseau sur le pauvre instrument,
Et souffle tant qu'il peut. O hasard incroyable !
Il en sort un son agréable.
L'âne se croit un grand talent,
Et, tout joyeux, s'écrie en faisant la culbute
Eh ! je joue aussi de la flûte.

FABLE VI

Le Paysan et la Rivière

Je veux me corriger, je veux changer de vie,
Me disait un ami : dans des liens honteux
Mon âme s'est trop avilie ;
J'ai cherché le plaisir, guidé par la folie,
Et mon cœur n'a trouvé que le remords affreux.
C'en est fait : je renonce à l'indigne maîtresse
Que j'adorai toujours sans jamais l'estimer ;
Tu connais pour le jeu ma coupable faiblesse,
Eh bien ! je vais la réprimer ;
Je vais me retirer du monde,
Et, calme désormais, libre de tous soucis,
Dans une retraite profonde,
Vivre pour la sagesse et pour mes seuls amis.
— Que de fois vous l'avez promis !
Toujours en vain, lui répondis-je.
Çà, quand commencez-vous ? — Dans huit jours [sûrement.
— Pourquoi pas aujourd'hui ? Ce long retard m'afflige.
— Oh ! je ne puis dans un moment
Briser une si forte chaîne :
Il me faut un prétexte ; il viendra, j'en réponds.
Causant ainsi, nous arrivons
Jusque sur les bords de la Seine :
Et j'aperçois un paysan
Assis sur une large pierre,
Regardant l'eau couler d'un air impatient.
— L'ami, que fais-tu là ? — Monsieur, pour une affaire
Au village prochain je suis contraint d'aller :
Je ne vois point de pont pour passer la rivière,
Et j'attends que cette eau cesse enfin de couler.

Mon ami, vous voilà, cet homme est votre image ;
Vous perdez en projets les plus beaux de vos jours :
Si vous voulez passer, jetez-vous à la nage ;
Car cette eau coulera toujours.

FABLE VII

Jupiter et Minos

Mon fils, disait un jour Jupiter à Minos,
Toi qui juges la race humaine,
Explique-moi pourquoi l'enfer suffit à peine
Aux nombreux criminels que t'envoie Atropos.
Quel est de la vertu le fatal adversaire
Qui corrompt à ce point la faible humanité ?
C'est, je crois, l'intérêt. — L'intérêt ? Non, mon père.
— Et qu'est-ce donc ? — L'oisiveté.

FABLE VIII

Le Petit Chien

La vanité nous rend aussi dupes que sots.
Je me souviens, à ce propos,
Qu'au temps jadis, après une sanglante guerre,
Où, malgré les plus beaux exploits,
Maint lion fut couché par terre,
L'éléphant régna dans les bois.
Le vainqueur, politique habile,
Voulant prévenir désormais
Jusqu'au moindre sujet de discorde civile,
De ses vastes États exila pour jamais
La race des lions, son ancienne ennemie.
L'édit fut proclamé. Les lions affaiblis,
Se soumettant au sort, qui les avait trahis,
Abandonnent tous leur patrie :
Ils ne se plaignent pas ; ils gardent dans leur cœur
Et leur courage et leur douleur.
Un bon vieux petit chien de la charmante espèce
De ceux qui vont portant jusqu'au milieu du dos,
Une toison tombante à flots,

Exhalait ainsi sa tristesse :
Il faut donc vous quitter, ô pénates chéris !
Un barbare à l'âge où je suis,
M'oblige à renoncer aux lieux qui m'ont vu naître.
Sans appui, sans secours, dans un pays nouveau,
Je vais, les yeux en pleurs, demander un tombeau,
Qu'on me refusera peut-être.
O tyran, tu le veux, allons, il faut partir.
Un barbet l'entendit : touché de sa misère,
Quel motif, lui dit-il, peut t'obliger à fuir ?
— Ce qui m'y force, ô ciel ! Et cet édit sévère
Qui nous chasse à jamais de cet heureux canton ?...
— Nous ? — Non pas vous, mais moi. — Comment ? toi, mon cher frère ?
Qu'as-tu donc de commun ?... — Plaisante question
Eh ! ne suis-je pas un lion ?

FABLE IX

Le Léopard et l'Écureuil

Un écureuil sautant, gambadant sur un chêne,
Manqua sa branche, et vint, par un triste hasard,
Tomber sur un vieux léopard
Qui faisait sa méridienne.
Vous jugez s'il eut peur! En sursaut s'éveillant,
L'animal irrité se dresse,
Et l'écureuil s'agenouillant,
Tremble, et se fait petit aux pieds de Son Altesse.
Après l'avoir considéré,

Le léopard lui dit : Je te donne la vie,
Mais à condition que de toi je saurai
Pourquoi cette gaîté, ce bonheur que j'envie,
Embellissent tes jours, ne te quittent jamais,
Tandis que moi, roi des forêts,
Je suis si triste et je m'ennuie.
— Sire, lui répond l'écureuil,
Je dois à votre bon accueil
La vérité : mais pour la dire,
Sur cet arbre un peu haut je voudrais être assis.
— Soit, j'y consens : monte. — J'y suis.
A présent, je peux vous instruire.
Mon grand secret pour être heureux
C'est de vivre dans l'innocence :
L'ignorance du mal fait toute ma science ;
Mon cœur est toujours pur, cela rend bien joyeux.
Vous ne connaissez pas la volupté suprême
De dormir sans remords ; vous mangez les chevreuils,
Tandis que je partage à tous les écureuils
Mes feuilles et mes fruits ; vous haïssez, et j'aime :
Tout est dans ces deux mots. Soyez bien convaincu
De cette vérité que je tiens de mon père :
Lorsque notre bonheur nous vient de la vertu,
La gaîté vient bientôt de notre caractère.

FABLE X

Le Prêtre de Jupiter

Un prêtre de Jupiter,
Père de deux grandes filles,
Toutes deux assez gentilles,
De bien les marier fit son soin le plus cher.
Les prêtres de ce temps vivaient de sacrifices,
Et n'avaient point de bénéfices :
La dot était fort mince. Un jeune jardinier
Se présenta pour gendre ; on lui donna l'aînée.
Bientôt après cet hyménée,
La cadette devint la femme d'un potier.
A quelques jours de là, chaque épouse établie
Chez son époux, le père va les voir.
Bonjour, dit-il, je viens savoir
Si le choix que j'ai fait rend heureuse ta vie,
S'il ne te manque rien, si je peux y pourvoir.
— Jamais, répond la jardinière,
Vous ne fîtes meilleure affaire :
La paix et le bonheur habitent ma maison ;
Je tâche d'être bonne, et mon époux est bon,
Il sait m'aimer sans jalousie,
Je l'aime sans coquetterie :
Ainsi tout est plaisir, tout jusqu'à nos travaux.
Nous ne désirons rien, sinon qu'un peu de pluie
Fasse pousser nos artichauts.
— C'est là tout ? — Oui vraiment. — Tu seras satisfaite,
Dit le vieillard : demain je célèbre la fête
De Jupiter ; je lui dirai deux mots.
Adieu, ma fille. — Adieu, mon père.
Le prêtre, de ce pas, s'en va chez la potière
L'interroger, comme sa sœur,
Sur son mari, sur son bonheur.
Oh ! répond celle-ci, dans mon petit ménage,
Le travail, l'amour, la santé,
Tout va fort bien, en vérité ;
Nous ne pouvons suffire à la vente, à l'ouvrage :
Notre unique désir serait que le soleil
Nous montrât plus souvent son visage vermeil
Pour sécher notre poterie.
Vous, pontife du dieu de l'air,
Obtenez-nous cela, mon père, je vous prie ;
Parlez pour nous à Jupiter.
— Très volontiers, ma chère amie ;
Mais je ne sais comment accorder mes enfants :
Tu me demandes du beau temps,
Et ta sœur a besoin de pluie ;
Ma foi, je me tairai de peur d'être en défaut.
Jupiter mieux que nous sait bien ce qu'il nous faut ;
Prétendre le guider serait folie extrême.
Sachons prendre le temps comme il veut l'envoyer.
L'homme est plus cher aux dieux qu'il ne l'est à lui-même ;
Se soumettre c'est les prier.

FABLE XI

Le Crocodile et l'Esturgeon

Sur la rive du Nil un jour deux beaux enfants
S'amusaient à faire sur l'onde,
Avec des cailloux plats, ronds, légers et tranchants,
Les plus beaux ricochets du monde.
Un crocodile affreux arrive entre deux eaux ;
S'élance tout à coup, happe l'un des marmots,
Qui crie et disparaît dans sa gueule profonde.
L'autre fuit, en pleurant son pauvre compagnon.
Un honnête et digne esturgeon,
Témoin de cette tragédie,
S'éloigne avec horreur, se cache au fond des flots,
Mais bientôt il entend le coupable amphibie
Gémir et pousser des sanglots :

Le monstre a des remords, dit-il : ô providence !
Tu venges souvent l'innocence ;
Pourquoi ne la sauves-tu pas ?
Ce scélérat du moins pleure ses attentats,

L'instant est propice, je pense,
Pour lui prêcher la pénitence :
Je m'en vais lui parler. Plein de compassion,
Notre saint homme d'esturgeon
Vers le crocodile s'avance :

Pleurez, lui cria-t-il, pleurez votre forfait;
Livrez votre âme impitoyable
Au remords qui des Dieux est le dernier bienfait,
Le seul médiateur entre eux et le coupable.
Malheureux, manger un enfant !
Mon cœur en a frémi ; j'entends gémir le vôtre...
— Oui, répond l'assassin, je pleure en ce moment
De regret d'avoir manqué l'autre.

Tel est le remords du méchant.

FABLE XII

La Chenille

Un jour, causant entre eux, différents animaux
Louaient beaucoup le ver à soie.
Quel talent, disaient-ils cet insecte déploie
En composant ces fils si doux, si fins, si beaux,
Qui de l'homme font la richesse !
Tous vantaient son travail, exaltaient son adresse.
Une chenille seule y trouvait des défauts,
Aux animaux surpris en faisait la critique;
Disait des mais et puis des si.
Un renard s'écria : Messieurs, cela s'explique;
C'est que madame file aussi.

FABLE XIII

La Tourterelle et la Fauvette

Une fauvette jeune et belle
S'amusait à chanter tant que durait le jour,
Sa voisine la tourterelle
Ne voulait, ne savait rien faire que l'amour.
Je plains bien votre erreur, dit-elle à la fauvette,
Vous perdez vos plus beaux moments :
Il n'est qu'un seul plaisir, c'est d'avoir des amants.
Dites-moi, s'il vous plait, quelle est la chansonnette
Qui peut valoir un doux baiser ?
— Je me garderais bien d'oser
Les comparer, répondit la chanteuse :
Mais je ne suis point malheureuse,
J'ai mis mon bonheur dans mes chants.
A ce discours, la tourterelle,
En se moquant s'éloigna d'elle.
Sans se revoir elles furent dix ans.
Après ce long espace, un beau jour de printemps,
Dans la même forêt elles se rencontrèrent.
L'âge avait bien un peu dérangé leurs attraits ;
Longtemps elles se regardèrent
Avant que de pouvoir se remettre leurs traits.
Enfin, la fauvette polie
S'avance la première : Eh ! bonjour, mon amie,
Comment vous portez-vous? Comment vont les amants?
— Ah ! ne m'en parlez pas, ma chère :
J'ai tout perdu, plaisirs, amis, beaux ans :
Tout a passé comme une ombre légère.
J'ai cru que le bonheur était d'aimer, de plaire....
O souvenirs cruels ! ô regrets superflus !
J'aime encore, on ne m'aime plus.
— J'ai moins perdu que vous, répondit la chanteuse :
Cependant je suis vieille, et je n'ai plus de voix ;
Mais j'aime la musique, et suis encore heureuse.
Lorsque le rossignol fait retentir ces bois.
La beauté, ce présent céleste,
Ne peut, sans les talents échapper à l'ennui :
La beauté passe, un talent reste ;
On en jouit même en autrui.

FABLE XIV

Le Charlatan

Sur le Pont-Neuf, entouré de badauds,
Un charlatan criait à pleine tête :
Venez, Messieurs, accourez faire emplette
Du grand remède à tous les maux ;
C'est une poudre admirable
Qui donne de l'esprit aux sots,
De l'honneur aux fripons, l'innocence aux coupables,
Aux vieilles femmes des amants,
Au vieillard amoureux une jeune maitresse,
Aux fous le prix de la sagesse,
Et la science aux ignorants.
Avec ma poudre il n'est rien dans la vie
Dont bientôt on ne vienne à bout ;
Par elle on obtient tout, on sait tout, on fait tout ;
C'est la grande Encyclopédie.
Vite je m'approchai pour voir ce beau trésor....
C'était un peu de poudre d'or.

FABLE XV

La Sauterelle

C'EN est fait, je quitte le monde,
Je veux fuir pour jamais le spectacle odieux
Des crimes, des horreurs dont sont blessés mes yeux.
Dans une retraite profonde,
Loin des vices, loin des abus,
Je passerai mes jours doucement à maudire
Les méchants de moi trop connus.
Seule ici-bas j'ai des vertus :
Aussi pour ennemi j'ai tout ce qui respire ;
Tout l'univers m'en veut, hommes, enfants, animaux ;
Jusqu'au plus petit des oiseaux,
Tous sont occupés de me nuire.
Eh ! qu'ai-je fait pourtant ?... Que du bien. Les ingrats,
Ils me regretteront, mais après mon trépas.
Ainsi se lamentait certaine sauterelle,
Hypocondre et n'estimant qu'elle.
Où prenez-vous cela, ma sœur ?
Lui dit une de ses compagnes.
Quoi ! vous ne pouvez pas vivre dans ces campagnes,
En broutant de ces prés la douce et tendre fleur,
Sans vous embarrasser des affaires du monde ?
Je sais qu'en travers il abonde ;
Il fut ainsi toujours, et toujours il sera :
Ce que vous en direz grand'chose n'y fera.
D'ailleurs, en vit-on mieux ? Quant à votre colère
Contre ces ennemis qui n'en veulent qu'à vous,
Je pense, ma sœur, entre nous,
Que c'est peut-être une chimère,
Et que l'orgueil souvent donne ces visions.
Dédaignant de répondre à ces sottes raisons,
La sauterelle part, et sort de la prairie,
Sa patrie.
Elle sauta deux jours pour faire deux cents pas.
Alors elle se croit au bout de l'hémisphère,
Chez un peuple inconnu, dans de nouveaux États.
Elle admire ces beaux climats,
Salue avec respect cette rive étrangère.
Près de là, des épis nombreux,
Sur de longs chalumeaux, à six pieds de la terre,
Ondoyants et pressés, se balançaient entre eux,
Ah ! que voilà bien mon affaire !
Dit-elle avec transport : dans ces sombres taillis
Je trouverai sans doute un désert solitaire :
C'est un asile sûr contre mes ennemis.
La voilà dans le blé. Mais, dès l'aube suivante,
Voici venir les moissonneurs.
Leur troupe nombreuse et bruyante
S'étend en demi-cercle, et, parmi les clameurs,
Les ris, les chants des jeunes filles,
Les épis entassés tombent sous les faucilles ;
La terre se découvre, et les blés abattus
Laissent voir les sillons tout nus.
Pour le coup, s'écriait la triste sauterelle,
Voilà qui prouve bien la haine universelle
Qui partout me poursuit : à peine en ce pays
A-t-on su que j'étais, qu'un peuple d'ennemis
S'en vient pour chercher sa victime.
Dans la fureur qui les anime,
Employant contre moi les plus affreux moyens,
De peur que je n'échappe, ils ravagent leurs biens :
Ils y mettraient le feu, s'il était nécessaire.
Eh ! Messieurs, me voilà, dit-elle en se montrant ;
Finissez un travail si grand,
Je me livre à votre colère !
Un moissonneur, dans ce moment,
Par hasard la distingue ; il se baisse, la prend,
Et dit, en la jetant dans une herbe fleurie :
Va manger, ma petite amie.

FABLE XVI

La Guêpe et l'Abeille

Dans le calice d'une fleur
La guêpe un jour voyant l'abeille,
S'approche en l'appelant sa sœur.
Ce nom sonne mal à l'oreille
De l'insecte plein de fierté,
Qui lui répond : Nous, sœurs ! ma mie ;
Depuis quand cette parenté ?
— Mais c'est depuis toute la vie,
Lui dit la guêpe avec courroux :
Considérez-moi, je vous prie ;
J'ai des ailes tout comme vous,
Même taille, même courage ;
Et, s'il vous en faut davantage,
Nos dards sont aussi ressemblants.
— Il est vrai, répliqua l'abeille :
Nous avons une arme pareille,
Mais pour des emplois différents.
La vôtre sert votre insolence,
La mienne repousse l'offense ;
Vous provoquez, je me défends.

FABLE XVII

Le Hérisson et les Lapins

Il est certains esprits d'un naturel hargneux,
Qui toujours ont besoin de guerre ;
Ils aiment à piquer, se plaisent à déplaire,
Et montrent pour cela des talents merveilleux.
Quant à moi, je les fuis sans cesse.
Eussent-ils tous les dons et tous les attributs,
J'y veux de l'indulgence ou de la politesse,
C'est la parure des vertus.
Un hérisson, qu'une tracasserie
Avait forcé de quitter sa patrie,
Dans un grand terrier de lapins
Vint porter sa misanthropie.
Il leur conta ses longs chagrins,
Contre ses ennemis exhala bien sa bile,
Et finit par prier les hôtes souterrains
De vouloir lui donner asile.
— Volontiers, lui dit le doyen :
Nous sommes bonnes gens, nous vivons comme frères,
Et nous ne connaissons ni le tien ni le mien ;
Tout est commun ici : nos plus grandes affaires
Sont d'aller, dès l'aube du jour,
Brouter le serpolet, jouer sur l'herbe tendre ;
Chacun pendant ce temps, sentinelle à son tour,
Veille sur le chasseur qui voudrait nous surprendre
S'il l'aperçoit, il frappe, et nous voilà blottis.
Avec nos femmes, nos petits,
Dans la gaîté dans la concorde,
Nous passons les instants que le Ciel nous accorde.
Souvent ils sont prompts à finir ;
Les panneaux, les furets abrègent notre vie,
Raison de plus pour en jouir.
Du moins, par l'amitié, l'amour et le plaisir,
Autant qu'elle a duré, nous l'avons embellie.
Telle est notre philosophie.

Si cela vous convient, demeurez avec nous,
Et soyez de la colonie ;
Sinon, faites l'honneur à notre compagnie
D'accepter à dîner, puis retournez chez vous.
A ce discours plein de sagesse,
Le hérisson repart qu'il sera trop heureux
De passer ses jours avec eux.
Alors chaque lapin s'empresse
D'imiter l'honnête doyen,
Et de lui faire politesse.
Jusques au soir tout alla bien.
Mais, lorsque après souper la troupe réunie
Se mit à deviser des affaires du temps,
Le hérisson de ses piquants
Blesse un jeune lapin. Doucement, je vous prie,
Lui dit le père de l'enfant.
Le hérisson, se retournant,
En pique deux, puis trois, et puis un quatrième.
On murmure, on se fâche, on l'entoure en grondant ;
Messieurs, s'écria-t-il, mon regret est extrême ;
Il faut me le passer, je suis ainsi bâti,
Et je ne puis pas me refondre.
Ma foi, dit le doyen, en ce cas, mon ami,
Tu peux aller te faire tondre.

FABLE XVIII

Le Milan et le Pigeon

Un milan plumait un pigeon,
Et lui disait : Méchante bête,
Je te connais, je sais l'aversion
Qu'ont pour moi tes pareils : te voilà ma conquête !
Il est des dieux vengeurs. — Hélas ! je le voudrais,
Répondit le pigeon. — O comble de forfaits !
S'écria le milan ; quoi ! ton audace impie
Ose douter qu'il soit des dieux ?
J'allais te pardonner ; mais, pour ce doute affreux,
Scélérat, je te sacrifie.

FABLE XIX

Le Chien coupable

Mon frère, sais-tu la nouvelle ?
Mouflard, le bon Mouflard, de nos chiens le modèle,
Si redouté des loups, si soumis au berger,
Mouflard vient, dit-on, de manger
Le petit agneau noir, puis la brebis sa mère,
Et puis sur le berger s'est jeté furieux.
— Serait-il vrai ? — Très vrai, mon frère

— A qui donc se fier ; grands dieux !
C'est ainsi que parlaient deux moutons dans la plaine
Et la nouvelle était certaine.
Mouflard, sur le fait même pris,
N'attendait plus que le supplice ;
Et le fermier voulait qu'une prompte justice
Effrayât les chiens du pays ;
La procédure en un jour est finie.
Mille témoins pour un déposent l'attentat :
Récolés, confrontés, aucun d'eux ne varie ;
Mouflard est convaincu du triple assassinat :
Mouflard recevra donc deux balles dans la tête
Sur le lieu même du délit.
A son supplice qui s'apprête
Toute la ferme se rendit.
Les agneaux de Mouflard demandèrent la grâce :
Elle fut refusée. On leur fit prendre place :
Les chiens se rangèrent près d'eux,

Tristes, humiliés, mornes, l'oreille basse,
Plaignant, sans l'excuser, leur frère malheureux.
Tout le monde attendait dans un profond silence.
Mouflard paraît bientôt, conduit par deux pasteurs.
Il arrive ; et, levant au ciel ses yeux en pleurs,
Il harangue ainsi l'assistance :
O vous, qu'en ce moment je n'ose et je ne puis
Nommer, comme autrefois, mes frères, mes amis,
Témoins de mon heure dernière,
Voyez où peut conduire un coupable désir !
De la vertu quinze ans j'ai suivi la carrière ;
Un faux pas m'en a fait sortir.
Apprenez mes forfaits. Au lever de l'aurore,
Seul auprès du grand bois, je gardais le troupeau ;
Un loup vient, emporte un agneau,
Et tout en fuyant le dévore.
Je cours, j'atteins le loup, qui, laissant son festin,
Vient m'attaquer : je le terrasse,
Et je l'étrangle sur la place.
C'était bien jusque-là : mais, pressé par la faim,
De l'agneau dévoré je regarde le reste ;
J'hésite, je balance.... A la fin cependant
J'y porte une coupable dent :

Voilà de mes malheurs l'origine funeste.
La brebis vient dans cet instant ;
Elle jette des cris de mère...
La tête m'a tourné ; j'ai craint que la brebis
Ne m'accusât d'avoir assassiné son fils ;
Et, pour la forcer à se taire,
Je l'égorge dans ma colère.
Le berger accourait armé de son bâton ;
N'espérant plus aucun pardon,
Je me jette sur lui ; mais bientôt on m'enchaîne,
Et me voici prêt à subir
De mes crimes la juste peine.
Apprenez tous du moins, en me voyant mourir,
Que la plus légère injustice
Aux forfaits les plus grands peut conduire d'abord ;
Et que, dans le chemin du vice,
On est au fond du précipice,
Dès qu'on met un pied sur le bord.

FABLE XX

L'Auteur et les Souris

Un auteur se plaignait que ses meilleurs écrits
Étaient rongés par les souris.
Il avait beau changer d'armoire,
Avoir tous les piéges à rats
Et de bons chats,
Rien n'y faisait ; prose, vers, drame, histoire,
Tout était entamé ; les maudites souris
Ne respectaient pas plus un héros et sa gloire,
Ou le récit d'une victoire,
Qu'un petit bouquet à Chloris.
Notre homme au désespoir, et l'on peut bien m'en croire,
Pour y mettre un auteur peu de chose suffit,
Jette un peu d'arsenic au fond de l'écritoire,
Puis dans sa colère il écrit.
Comme il le prévoyait, les souris grignotèrent,
Et crevèrent.
C'est bien fait, direz-vous ; cet auteur eut raison.
Je suis loin de le croire : il n'est point de volume
Qu'on n'ait mordu, mauvais ou bon ;
Et l'on déshonore sa plume,
En la trempant dans du poison.

FABLE XXI

L'Aigle et le Hibou

A DUCIS

L'oiseau qui porte le tonnerre,
Disgracié, banni du céleste séjour,
Par une cabale de cour,
S'en vint habiter sur la terre.
Il errait dans les bois, songeant à son malheur
Triste, dégoûté de la vie,
Malade de la maladie
Que laisse après soi la grandeur.

Un vieux hibou, du creux d'un hêtre,
L'entend gémir, se met à sa fenêtre,
Et lui prouve bientôt que la félicité
Consiste dans trois points : travail, paix et santé.
L'aigle est touché de ce langage.
Mon frère, répond-il (les aigles sont polis
Lorsqu'ils sont malheureux), que je vous trouve sage !
Combien votre raison, vos excellents avis
M'inspirent le désir de vous voir davantage,
De vous imiter, si je puis !
Minerve, en vous plaçant sur sa tête divine,
Connaissait bien tout votre prix ;
C'est avec elle, j'imagine,
Que vous en avez tant appris.
Non, répond le hibou, j'ai bien peu de science ;
Mais je sais me suffire, et j'aime le silence,
L'obscurité surtout. Quand je vois des oiseaux
Se disputer entre eux la force, le courage,
Ou la beauté du chant, ou celle du plumage,
Je ne me mêle point parmi tant de rivaux,
Et me tiens dans mon ermitage.
Si malheureusement, le matin dans le bois,
Quelque étourneau bavard, quelque méchante pie
M'aperçoit, aussitôt leurs glapissantes voix
Appellent de partout une troupe étourdie,
Qui me poursuit et m'injurie.
Je souffre, je me tais ; et, dans ce chamaillis,
Seul, de sang-froid et sans colère,
M'esquivant doucement de taillis en taillis,
Je regagne à la fin ma retraite si chère.
Là, solitaire et libre, oubliant tous mes maux,
Je laisse les soucis, les craintes à la porte ;
Voilà tout mon savoir : *Je m'abstiens, je supporte,*
La sagesse est dans ces deux mots.
Tu me l'as dit cent fois, cher Ducis, tes ouvrages,
Tes beaux vers, tes nombreux succès
Ne sont rien à tes yeux auprès de cette paix
Que l'innocence donne aux sages.
Quand de l'Eschyle anglais heureux imitateur,
Je te vois, d'une main hardie,
Porter sur la scène agrandie
Les crimes de Macbeth, de Léar le malheur,
La gloire est un besoin pour ton âme attendrie,
Mais elle est un fardeau pour ton sensible cœur.
Seul, au fond d'un désert, au bord d'une onde pure,
Tu ne veux que ta lyre, un saule et la nature :
Le vain désir d'être oublié
T'occupe et te charme sans cesse ;
Ah ! souffre au moins que l'amitié
Trompe en ce seul point ta sagesse.

FABLE XXII

Le Poisson volant

CERTAIN poisson volant, mécontent de son sort,
Disait à sa vieille grand'mère :
Je ne sais comment je dois faire
Pour me préserver de la mort.
De nos aigles marins je redoute la serre
Quand je m'élève dans les airs,
Et les requins me font la guerre
Quand je me plonge au fond des mers.
La vieille lui répond : Mon enfant, dans ce monde,
Lorsqu'on n'est pas aigle ou requin,
Il faut tout doucement suivre un petit chemin,
En nageant près de l'air et volant près de l'onde.

Épilogue

C'EST assez, suspendons ma lyre,
Terminons ici nos travaux :
Sur nos vices, sur nos défauts,
J'aurais encor beaucoup à dire ;
Mais un autre le dira mieux.
Malgré ses efforts plus heureux,
L'orgueil, l'intérêt, la folie
Troubleront toujours l'univers ;
Vainement la philosophie
Reproche à l'homme ses travers,
Elle y perd sa prose et ses vers.

Laissons, laissons aller le monde
Comme il lui plaît, comme il l'entend,
Vivons caché, libre et content,
Dans une retraite profonde
Là que faut-il pour le bonheur ?
La paix, la douce paix du cœur,
Le désir vrai qu'on nous oublie,
Le travail, qui sait éloigner
Tous les fléaux de notre vie,
Assez de bien pour en donner
Et pas assez pour faire envie.

AVANT-PROPOS

DE

M. ANDRÉ THEURIET

de l'Académie française.

LIVRE PREMIER

LIVRE DEUXIÈME

LIVRE TROISIÈME

LIVRE QUATRIÈME

LIVRE CINQUIÈME

FIN

ÉVREUX, IMPRIMERIE DE CHARLES HÉRISSEY

www.ingramcontent.com/pod-product-compliance
Ingram Content Group UK Ltd.
Pitfield, Milton Keynes, MK11 3LW, UK
UKHW021106290826
14628UKWH00014B/854

9 782019 719159